# 和TA赶上最好的相遇

The best meet

夏橙 主编

XIACHENG WORKS

作家出版社

**图书在版编目（CIP）数据**

和TA，赶上最好的相遇 / 夏橙主编. -- 北京：作家出版社，2015.8

ISBN 978-7-5063-8123-9

Ⅰ.①和… Ⅱ.①夏… Ⅲ.①短篇小说－小说集－中国－当代 Ⅳ.①I247.7

中国版本图书馆CIP数据核字（2015）第149469号

**和TA，赶上最好的相遇**

作　　者：夏　橙
责任编辑：周　茹
装帧设计：粉粉猫
出版发行：作家出版社
社　　址：北京农展馆南里10号　　邮　　编：100125
电话传真：86-10-65930756（出版发行部）
　　　　　86-10-65004079（总编室）
　　　　　86-10-65015116（邮购部）
E-mail：zuojia@zuojia.net.cn
http://www.haozuojia.com（作家在线）
印　　刷：北京凯达印务有限公司
成品尺寸：143×208
字　　数：161千
印　　张：8
版　　次：2015年8月第1版
印　　次：2015年8月第1次印刷
ISBN 978-7-5063-8123-9
定　　价：35.00元

# 目录

# 无 从 告 别 的 告 别

里则林

有时夜深人静的时候，我会想起那盆小黄花，也会想起 1997 年那个夜晚，并且每次都带着遗憾。因为他们从来不知道我去了多少地方，也不知道我见过多少人，甚至他们永远没有办法知道，他们一直在我心里；并且没有办法告诉他们，这些无从告别的告别。

## 1

小时候我常常面对离别。

大人会跟我说，明天我们要去 ×× 地方了。而 ×× 地方，一般都是我从未听说过的某个城市。我听完会默默地点头，然后坐在沙发上，看大人们收拾东西。心里则提前开始消化恐慌，对未知和陌生的恐慌。

记得还在上海的时候，小区里住着许多子女不在身边的孤寡老人，老师要我们在某个暑假去找一个老人，然后陪伴他们，算是作业。

我就找了隔壁那幢楼的一个老头儿。我记得我第一次敲他的门，他开了半截门，奇怪地看着我，我呆滞地傻愣半天，然后用手摇了摇胸前的红领巾说："你好，我是小学生。老师要我来陪你。"

老头听完，微微一笑，把门敞开，示意我进去，问我："你从哪里来？"

我坐在脚碰不到地的高凳上，晃动着双脚指了指左边说："我从隔壁来。"

"嗯，我见过你，每天带着一群小朋友到处折小区里的竹子。"

我点点头，说："没错！"他又问我："为什么？""为了赶一只猫和打仗。"

他笑笑没理我，打开了大厅和天井之间的门，我抬头看去，天井里全是花花草草和无数个鸟笼，每个鸟笼里都住着一只鸟。

我站起身准备接受他的邀请一起走进天井里看看。但是他没有。

他就那么自顾自旁若无人地摆弄起了花草，让我觉得他不太懂人情世故，没有家教。

我有点儿不知所措，只能又坐回原处，开始四下张望。

老头儿家里有简单的家具，一堆茶壶，一张大桌子上有一盏式样老土的彩色玻璃灯，灯旁摆放着很多农业技能书。我想尝试跟他对话，于是对他“喂”了一声。

他转过头来说我没礼貌，然后又继续低头在天井里摆弄花草。最后我只能哈欠连天地看着墙上的表，等着两个小时结束。

因为那时老师规定我们，每次陪老人家至少两个小时，然后拿一个小本子给老人家签字和写评语。

临走的时候，我拿出本子给老头儿，老头儿戴上老花镜看了看本子上的大致内容，问我写什么好。这个问题让我猝不及防，觉得回到了从前——考试考得好，老师放了一排礼物，让我们各自挑自己喜欢的，我喜欢最贵的，但常常不好意思直接拿，都是拿的退而求其次的奖品。

于是我说：“写点还不错的就行。”

接着马上有点儿不好意思地看向别处。

然后就听见了他唰唰写字的声音，写完合上本子递给了我。我拿起本子，转身要走。他又叫住了我，从天井里抱来一盆土：“你在土上面摁一摁。”

我不解地看着他，他说：“摁一摁就行！”我就摁了一摁，然后马上嫌弃地边搓手边走了出去。

回到家，吃饭的时候，妈妈问：“今天陪老爷爷开心吗？”我说：“不开心。”妈妈问我：“为什么？”我说：“因为这老头儿不开心我陪他。”

妈妈一个筷子头打了过来，骂我没礼貌。我心里愤愤不平，边吃菜边开始在脑海里统计周围的老人家还有哪些，下定决心下次一定要换一个人陪陪。

在那天临睡前，我突然想起那个本子，然后迫不及待地想看看老头儿写了什么内容，于是翻开看了看，发现上面工工整整地写着：“他今天非常乖，非常热情，很有礼貌，家教很好，很讨人喜欢。”那时我语文好，知道“非常”和“很”后面只要接上很好的词汇，就是很好的表扬。看完，竟然有点儿不好意思。

2

后来我每天去陪这老头儿，几乎不怎么说话。他不是弄花草就是弄鸟，偶尔我坐在大厅和天井连接的地方，呆呆地着看他。

老头儿则依旧每天结束时，在本子上换着花样夸我。得到他以无比绚丽的措辞写就的夸奖，几乎成了我去陪他的唯一动力。从活泼，到善良，再到爱护花草，再到学习能力强，应有尽有。

某个下午，老头儿坐在桌子上看书，我在他对面一动不动。老头儿抬头看了看我，然后看了看他那堆书。我就顺着他的目光也看了看那堆书，随后又继续呆滞地看着他，他又用手拨了拨那堆书。

我才看到里面有一本《杨家将演义》的连环画。

我伸手摸了摸那本书，犹豫间，他对我点点头。于是我就把那本书抽了出来，津津有味地读了起来。

老头儿问我："最喜欢谁？"

我说："我喜欢杨宗保。"

老头儿问我："为什么？"

我说："因为电视上他老婆穆桂英好看。"他又问我："喜欢花木兰吗？"我问她花木兰是谁。他就给我讲了一下午花木兰。

从那天起，他就不摆弄花草了，每次来，都和我面对面看书，每次他书堆里都会莫名其妙地有一本不同的连环画。

有一天看到又是连环画，我突然觉得无聊透了，做作地打起了一个又长又大声的哈欠，然后趴在桌子上一言不发地发呆。

老头儿咳嗽了几声，然后问我吃糖吗。我继续趴在桌子上摇着头。

他说你等一会儿，转身进了房间。我看见他打开衣柜，到处翻，最后面红耳赤地拿出一把剑。

我立马跳了起来，双眼放光地看着他，因为我从小就喜欢大宝剑这种东西。

老头儿第一次脸上露出了调皮的神色，拔出剑来，故作姿态地舞了两下。

## -007-

那天下午我们在天井里，老头儿教我玩了一套晨练时的老年剑法。

从那天之后，我只要去老头儿家，他都会第一时间给我背上那把大宝剑，然后该干什么干什么。

看书，陪他弄花草，他会问我很多关于我的事。有一天当他得知我在学校是大队长的时候，他直接把我抱了起来，一个劲儿地对我说："原来你这么厉害呀！"

我则得意地笑着。我跟老头儿没事就看书、弄花草、逗鸟和玩大宝剑，不知不觉过去了十五天，还有五天我就可以结束陪伴老人家的作业了。

我把这件事告诉了老头儿，老头儿愣了一会儿 ，说："那明天我带你去城隍庙买一把属于自己的大宝剑吧。"

我惊讶地看着他，问他是真的吗。他用力地点点头。我一激动，抱住了他，第一次说了句："谢谢爷爷！"

他面色绯红，有点儿不好意思，也抱了抱我，显得异常开心。那天晚上，他陪我一起回家，然后跟我的妈妈说他想第二天带我去城隍庙玩，希望妈妈同意。然后从包里掏了很久，才掏出自己的身份证，还有一张写了自己电话的纸片。

他们在门口聊了很久，而我在屋子里紧张地看着这一切。最后看见老头儿对我开心地笑了笑，用手凭空作剑，对着我舞了舞，就开心地走了。

妈妈转头过来严肃地看着我，我马上立正在原地，妈妈对我说："不能乱跑，知道吗？"

我一颗心就沉了下去。

接着妈妈又说："在明天跟爷爷出去的时候。"

我立马笑逐颜开，脖子像安了发条，使劲点头。

第二天在城隍庙，老头儿全程拉着我的手。他带我走进一个大楼里，里面有数不清的摊位，每个摊位的墙上都挂满了大宝剑。我们两个这家看看，那家看看，人很多，很拥挤。我看见他有点儿不自然，把我护在他身前，挤到一个摊位前。

看着琳琅满目的刀枪棍棒，我一时没了目标，满心欢喜地扫来扫去，我们两个站在一起，老头儿有些紧张地问我：“是不是不喜欢这里的？”

我摇摇头说：“没有，我都喜欢！”

老头儿才爽朗地笑了起来，告诉我别着急，慢慢挑，他等我。

后来我挑了一把黑色的，老头找老板要了一根红色的背带，蹲在门口帮我安在了剑鞘上，挂上了我的后背。那天我觉得自己终于成了自己最想成为的人——展昭。

后来老头儿带我去买麦芽糖。我们坐在一个亭子里吃糖的时候，老头儿问我：“你有爷爷吗？”我愣了好一会儿。他有点儿尴尬地看着我，显得不知所措。

我反问他：“爷爷是……我爸爸的爸爸？”

他有点儿惊讶，接着对我说：“是啊。”

我边吃糖边说：“我不记得自己的爷爷，从来没有见过他。”

他就不说话了，摸摸我的头，问我说：“你还想吃什么？”

我摇摇头，一起陷入了沉默里。

3

其实我从小就不记得自己爷爷和所有亲戚，因为我的童年颠沛流离，一时在这儿，一时在那儿，却从未回过老家。

我一直以为每年过年家里只有四个人，是很正常的事情。

我一直到1997年香港回归，七岁那年，才第一次听爸爸妈妈对我说起“爷爷”两个字。

那是一个晚上，我从睡梦中被叫醒，带着一肚子的起床气，觉得自己恨整个世界。

爸爸严肃地把我拉到角落里，让我穿上衣服，说要带我去见爷爷。我磨磨蹭蹭半天，就是不肯。因为那时我实在不知道爷爷是什么。对于到底从哪里突然冒出了一个爷爷来，我百思不得其解，并且很认真地以为爷爷是爸妈的某个无聊朋友。

后来爸爸接了一个电话，神色更加急迫，大声地吼我：“你到底要不要穿衣服！”

我一肚子起床气瞬间找到了出口，哭声喷薄而出，大声地喊着：“我就不穿！”

爸爸对我投来了一个此生难忘的失望眼神，然后和妈妈急匆匆地出门了。

没过多久，一个称之为“姑姑”的人来到了家里，哄我哄了半天，我才把衣服穿上，跟着她出了门，去见所谓的“爷爷”。

去到一半，姑姑接了一个电话，然后让司机掉转车头，我们又回了家。

那天从头到尾我都不知道发生了什么。那之后的许多年，我才终于很清晰地知道了爷爷是谁，是干什么的，也从别人口中得知，我还没记事的时候，爷爷常常在过年的时候叫着我的小名，然后我屁颠屁颠地跑过去，他会塞给我一个无比丰厚的红包。别人说他最疼我，小时候。

只是后来我被父母带着四处跑，既不知道自己根在哪儿，也不知道有哪些所谓的亲人。我以为世界上每个人都和我一样，只有家人。

也知道了，那个晚上，是我最后一次能见到爷爷的机会。此后，这件事成了我想起一次就遗憾和自责一次的事情。

直到去年我二十四岁，临近清明节的时候，爸爸让我开车带着姐姐回老家去给爷爷扫墓。我听完二话没说就推掉了所有事情。

一路上小雨淅淅沥沥地打在车上，我和姐姐一路上都没有说话，开在乡间的泥泞小路上。

我被亲戚带着，去了爷爷住过的老房子，看见一个黑不溜秋的奶瓶，他们说那是我的。看见了许多爷爷当年生活时的东西，甚至都叫不上名字，不知道是什么。

那天在墓碑前，燃起了一长串大鞭炮，我看着爷爷的名字，心里说："爷爷，我回来啦。"然后眼睛就红了。

我心里又说："爷爷，在那个年纪，我真是像个不落地的蒲公英，从未有人跟我提过我从哪里来，也没有人确定地告诉我，我要到哪里去。"就像被风一直裹着，以为世界上并没有可以落脚的土地。

"但你原谅我的话，你就刮来一阵风好了。"于是那天很神奇地在下一秒，刮来了一阵风。

4

后来在那个陪老人的作业本上，老爷爷给我写的最后一个评语是：“他像我的孙子一样，我像他的爷爷一样。”

那时我常常面对离别，妈妈在某天跟我说，这个暑假结束之后，我们要去重庆了。

我点点头，坐在沙发上。我不知道重庆是什么地方，也不知道在那会遇见什么人。只是已经开始在心里提前默默地消化起了对未知和陌生的恐惧。

走那天，老爷爷赶来，抱着一盆小花，气喘吁吁地说：“这是你来那天，我给你种的，名字就叫小则林。”

我一看是一盆黄黄的小花。但妈妈说：“坐飞机，带不了这些。”

我遗憾地看着老爷爷，老爷爷也略显无奈，犹豫了一会说：“没事，等你回来的时候，小则林就跟你长得一样大了。”说完摸了摸我的头。

但我并没有再回来过，甚至没能带走那把爷爷送我的大宝剑。并且那年，最后走的时候，我也没明白过来，“爷爷”到底是什么。

但只要时间一天一天地过去，人在时间里，很快就会长大。

有时夜深人静的时候，我会想起那盆小黄花，也会想起 1997 年那个夜晚，并且每次都带着遗憾。因为他们从来不知道我去了多少地方，也不知道我见过多少人，甚至他们永远没有办法知道，他们一直在我心里；并且没有办法告诉他们，这些无从告别的告别。

# 开 出 租 的 姑 娘

简俐略

记忆就像带着火光的烟，落地成灰。如果你在星星里，请记得带她回家。

我认识她是在大学暑假的时候。我拎着大包小包逃难似的下了客车。车站离我家步行时间大概只需要十分钟。但是东西太多，没法儿优雅地走回去，只好抬手叫出租车。

于是我坐上了一辆迅速停在我面前的出租。尽管后座堆满了我的行李，但我还是选择跟我的行李挤在一起，避免坐在副驾驶那尴尬的位置。总觉得跟陌生人并排坐一起是件令人难受得浑身长刺儿的事儿，虽然那位陌生人在专心致志的开车。

开车的是个女人。不知道是不是认识她之后才有的感觉，开出租车的女人真帅。

她双手涂着鲜红的指甲，俗气又艳丽。手指细细的，无名指上戴着一枚钻戒，又大又辉煌，握着方向盘却有虎虎生风的架势，熟练地避让路上的行人还有某个路口突然窜出的小摩托。她抡着方向盘左一下右一下，车就左一下右一下跟着摇摆，她耳朵上夸张的大耳环也跟着晃悠。

她是我见过的第一个戴着大钻戒开出租的女人。

她的背影很瘦，肩膀很窄，穿着一个薄薄的小夹克。扎了一个简单的短马尾，栗色的，但是已经长出一段黑色的发根。不知道为什么我从坐在车里就开始观察她，虽然看不见她的正脸，但我还是目不转睛地盯着她的侧脸看，直到她从倒车镜里狠狠地瞪了我一眼。大概，她以为我不怀好意吧。

从倒车镜映出的她的眼神很亮。这辆小车被她开得叮当作响，好像每个零件都有随时掉下来的可能。她却毫不在意地继续抡方向盘。

到了小区门口的时候，我弱弱地问她："麻烦能不能帮我开进去？"我的意思是：东西太多，拿着不方便。

她回头看了我一眼，流露出不耐烦的表情，说："是这个门口吗？"

她的声音沙哑，但不刺耳，眼神充满厌烦不屑。我猜，这么屌的女人，肯定抽烟，甚至立即在大脑浮现出她抽烟的画面。

我点头说是。她虽然不情愿，却还是开了进去。但是刚过门口的小上坡，小破车竟然熄火了。她“啧”了一声。我没底气地说：“不然，我还是，下去吧……”她没理我，埋头发动车子。小破车“突突”了两下，重新晃悠起来。

终于在她满目的鄙夷里，我灰溜溜地付钱下车了。当我转身准备离开的时候，小破车又没了呼吸。她一下下发动，车总是“突突”一声，却不见有起色。

我愧疚地想帮她推，但她依旧没理会我，下车走去旁边拨了一通电话，骂骂咧咧说了两句，挂掉了。我想，也许是在骂我吧。

她不再去鼓捣车，反而蹲在楼下的阴凉里。

我也马上去陪她蹲着。把行李丢在那里。

如果不让她开进院子，不让那个小破车爬门口的小坡，我就可以扬长而去，回家享受假期的美好。但是这种状况，让我有点儿不好意思那么做。看我凑过去,她显得有点儿意外有点儿莫名其妙。不过很快,夏天的燥热让她顾不得去想我为什么蹲在她旁边。

她突然站起来浑身上下摸索,终于从裤兜里摸出一包烟。大概揣得太久,烟盒已经皱得不成样子。我猜对了,她果然抽烟。

然后听她轻声骂了句“擦”,又把烟揣回去了。领会她可能没有打火机的我,立马飞奔到商店买了一个。

她理所当然地接过来,当烟雾从她的口腔鼻腔一起飘出来的瞬间,她拧成川字型的眉头终于松懈下来。

她回头看看我,面无表情地说:“要是耽误我接孩子,饶不了你。”一股尼古丁味儿扑向我的鼻子。她的眼睛很大很漂亮,眼里透着的光跟她手上的钻戒一样夺目。看着那么年轻美丽的姑娘竟然说要去接孩子,身为学生注定晚婚晚育的我,有点儿难以相信。

在腻歪的等待里,她的同伴终于来了。装着专业的样子打开引擎盖指指点点,得出一个结论,得去修理厂。

她骂了一句:“妈的。”

因为愧疚，我要了一张她的名片，预备以后需要的时候就叫她的车。事实上，我倒是挺不愿意的。她的车特别破，灰头土脸还突突的。

我们就这样莫名其妙地认识了。她比我大一岁，青春年少，儿子三岁，精灵古怪。在不忙的时候，她会喊我去一家羊汤馆。店特别小，里边只有两张桌子，要是坐满人的时候，走路都费劲儿。

大夏天的时候，她叫上满满一大碗的羊汤羊杂碎，撒上辣椒和芥末，突突地吃下去，发出跟她的小破车一样的声响。膻味刺鼻。

我说："我不爱吃。"

她大汗淋漓地边吃边说："我说让你吃了吗？就是让你陪着我吃。"

我抱怨她不讲道理，她就说："谁让你那天陪我蹲着。"语气就像个还在上学的女生，骄傲又霸道。

我问："你怎么戴着大钻戒开出租。"

她说："交通法规定不许戴钻戒开车了吗？"

……

她吃爽了以后，会用手抹去脑门儿上的大汗珠，然后蹭到衣服上，大摇大摆地走出门去，开着车去被晒出油的马路上转悠。每次我让她把我送回家，她从来都不会给我免费。

她说："戒指是我老公拼命攒钱买的。"我说："你老公挺下血本。"她说："那当然，真的是拼了命买的。"她的丈夫是开大卡车的，是那种从路上开过会发出跟火车一样声响的怪物。

怪物报废在一场惨烈的事故里，带走了挚爱她的丈夫。

最开始得到消息的时候，她冷静得没掉一滴眼泪。急匆匆处理好丈夫的身后事以后，怀揣着他日夜拼命攒的钱带着儿子冲向商场，买了一个特大个儿的钻戒，闪耀辉煌。

她的所有亲友一瞬间都咒骂她冷血无情。但她依旧带着大钻戒旁若无人地进进出出。

她关掉以前为了打发时间开的奶茶店，儿子撇给父母，自己买了一辆二手出租车。过上了昼夜颠倒、拼命攒钱的生活。她说："我不喜欢开大卡车，那是个怪物，是要吃人的。"

她叼着烟跟我说这些，脸上是装作满不在乎的表情，一看就是装的，一眼就能看穿。带着火光的烟被抖下来，落地成灰。

我说："你真像一部电影里的女主角。"她问："啥电影。"我说："《忘不了》。"张柏芝演的。

她立马气得直按喇叭："谁忘不了，老娘早就忘了！"喇叭发出怪叫，车那么破，果然连喇叭都不会很好听。

"你把他的命都用戒指箍起来，还说早就忘了。"

大学毕业的时候，我叫她来学校接我，帮我运行李。她不耐烦地说着没空，生意好得很。再说那么远的路，不划算。我说："给你两倍价钱。"

我带着比第一次见面还要多的行李在学校门口等她。等到黄昏，终于她开着那辆灰头土脸的小破车出现了，突突的，像拖拉机。

我问："为啥那么晚。"她说："赶着又拉了几趟活儿。"我说："擦，我付你两倍钱，你还让我等到现在。"她说："爱走不走。"

我们坐在车里逛逛悠悠，从太阳落山晃悠到满天星斗。我把手伸到窗外，风一下下撩拨着汗毛，身心舒服。

她命令我把手收回来，禁止做那种傻瓜行为。

不知道是不是跟这车相克的原因，就在马上到达郊外时，车子再次抛锚。

她放弃了任何抢救的措施，因为她太了解这部车了。一碰，也许就散架了。

在打了求救电话之后，她淡定地坐回车，打开广播，里边传出吱吱啦啦的播报声。

我说："耽误你接孩子了？"

她骄傲地说："我儿子早自立了，能自个儿找回家去了。"

广播里的点歌台传出歌声，断断续续，混杂着别的频段跳进来的新闻和广告。但隐约能听出歌是张惠妹的《我最亲爱的》。

她细长的手指放在方向盘上跟着打着拍子，一下一下。她要我把手机拿出来，跟她一起摇晃。

我拒绝做这种更傻的事儿。

拒绝无效。手机发出微光，晃来晃去。光晃在她的钻戒上，晃在已经变成长马尾的头发上，直到晃在她满脸泪水的面庞上。

她哭了。一声都没有地哭了。大概那首歌藏着她最容易被猜透的秘密。我们被前面的车拖着走，潇洒悠然。

她甚至点上一根烟，也给我一根，我扭过头说不要。

她说："最看不起你们装 × 的臭书生。"

烟雾在她指间缠绕流转，广播还在吱吱啦啦地放着，而她已经不哭了。我问她开车多久了。

她说："一年多。"

我问："迷过路吗？"

她点点头："嗯。但每次我都能重新找到路。"

我问："怎么找到的？"

她扬手指着夜幕上嵌着的星星，努努嘴说："那是北斗星。看见没，像大勺子的那个。要是晚上迷路了，我就奔着北斗星开，一路往北，准能找到家。"

我说："喔，你还挺厉害。"

她说："当然比你们这些书生厉害。"声音沙哑的就像小破车里的破广播。

后来，我去了外地工作，鲜少回家。再见到她时，又是一个冗长的盛夏。

她的头发早就变成了黑色。又黑又瘦，穿着干净的白色短袖，锁骨凸出。

晚上我们约去那家小馆子喝羊汤。她到得比我早，一见我，就絮絮叨叨嫌我太磨叽。

那汤虽然难喝，但我也喝了一大碗，然后学她的样子，把汗抹到衣服上。

真难喝，膻味刺鼻。她突然提出想喝酒。我看了看外面，没有见到小破车的踪迹。她竟然破天荒地没开车来。

我放心地叫了酒，盘算着如果她喝醉了，就打一出租，让她付钱，叫她也尝尝叫车付钱的滋味。

她不是很能喝，只喝了两瓶就开始神志不清。我想阻止，却屡屡被劝得陪她一起喝。

终于她喝够了，起身向门外走去，醉得左摇右晃，比她抡方向盘还严重。

出了门她直奔停在路旁那辆崭新的出租车。

我说:“你真是喝大了，这不是你那破车。真是一辈子开出租的命，醉了奔的还是出租车。”说着拉她往回走。

她甩开我，从兜里摸出钥匙，竟然打开了车门，坐在了里面。

我惊奇 :“哟嗬，你换车了？”

她醉得稀里哗啦：“嗯，牛 × 不。”

车里有一股新车的刺鼻味道。不知怎的，我有点儿想念那辆开起来就会突突冒黑烟的小破车。

她醉醺醺地用手摩挲着方向盘，看不出是高兴还是不高兴。

她手上的戒指不见了。手指光秃秃的。

我摇下车窗，让风灌进来吹吹她。

她趴在方向盘上，我以为她睡着了，路边的草丛里蛐蛐声一阵一阵的叫。

不一会儿，她的肩膀耸动，尽管埋着脸，但透过路灯，我还是看见她脖子上暴起的青筋。

她哭了，车没抛锚，也没听广播，可她还是哭了。是不是刚才芥末放多了，呛哭了。

她的小破车永远地安眠了。她拿出积蓄，卖掉戒指，换了辆新车，重新开始昼夜颠倒，给儿子赚钱，省得儿子长大去给人家小姑娘许诺，要拼命攒钱买钻戒。

这部车一定不会动不动就罢工，也不会一发动整个车身都摇摇晃晃手舞足蹈。

它当然不会。它又不是那个难看丑旧的小破车。

她的丈夫告诉她，如果晚上开车迷路了，就找北斗星，那就是北方。他没骗她。连他自己都躲进北斗星里了。

他跟她求婚的时候唱《我最亲爱的》，调子早就跑到异国他乡了。

她哭着说：哪有求婚唱这么悲伤的歌，又这么难听。别唱了，答应你。

他不好意思地搔搔头说：那我以后不唱了。

他真的没再唱过。

他还跟她说：我一定拼命攒钱给你买个大钻戒。

他果然真的兑现诺言，拼了命。

她把他的命戴在手上，又把他的命给卖了。夏夜凉风习习，蛐蛐儿也不叫了，都睡着了吧。她也是。

我坐在副驾驶，一点儿也没觉得尴尬。我轻哼着那首歌，打着拍子，一下一下。

天上的北斗星真亮。得一直亮着才行，这粗鲁的傻女人还指望着它找到回家的路。

记忆就像带着带着火光的烟，落地成灰。如果你在星星里，请记得带她回家。

# 冷 肝

郑执

醉着的苏敬钢，做任何事都是清醒的。可是此刻，苏敬钢是醒着的，
却醉得一塌糊涂。

“老三啊，兴顺啤酒屋要拆啦！”

苏敬钢听见老王道士这一声吼时，正在摸黑儿过马路，跟他一起奔过马路的还有几对携手从“北市舞厅”里蹿出来的男女，冻得拥成了哆嗦的几团。人字路口的路灯坏掉已有一个月，也未见人来维修。北市场像是一个被世人遗忘在黑暗角落里的弃婴，甚至连对命运哼唧两声的最后抗争都懒得做，静待岁月的同情心。

“王大爷，不进来一起喝两口？”苏敬钢顺嘴搭了一句，“我请！”“你傻啦，老三？我都戒酒多少年啦！”老王道士裹紧一身道袍，“再坐几分钟就该收摊儿回家了。你倒是该好好喝一顿，过两天就喝不

着了，咱这北市场快被拆得差不多喽！”老王道士是北市场雷打不动的活坐标，几十年来坐在人字路口为形形色色的人算过命，就连苏敬钢的名字都是父亲老苏请他帮忙给起的。

“拆、拆、拆，上面嚷了有三五年了，也不知道哪次是真的。”苏敬钢呓语般地嘀咕着，心里却在纳闷儿怎么连老王道士不喝酒的事都记不得了，只能归咎于自己得的怪病。自从苏敬钢得上这种病，他开始看任何东西都模糊不清，甚至于记不住老邻居的名字和习性，起初以为是眼睛和脑子出了问题。可等到去医院诊断，大夫却说毛病在肝脏，症状与普通嗜酒人士常患的肝病恰恰相反，是一种肝功能莫名增强的病，肝脏的解酒能力近乎无敌。“从今往后你就是千杯不醉了。”大夫在跟苏敬钢解释诊断结果时欢喜得像在恭喜金榜题名的状元。

苏敬钢开始变得认不清人，记不住事，全是在他丧失了醉酒的能力之后。可这怪病，居然连个名字也没有。苏敬钢本是个名副其实的酒鬼，喝酒一向只图醉，冬天更要多喝，暖身防寒。这座城的冬天漫长得令人难以想象。至于春天，对这座东北重镇而言有如舞台上的三流戏子，宿命不过是为了在寒冬暂歇时串个过场。即便立春已有半月，任意两个中气十足的男人在室外随口打声招呼，仍能轻易为对方脸上蒙一层霜，睫毛尖上凝结的闪亮的冰珠儿让他们看上去好似两个彼此哭诉的中年妇女。

每逢十二月，天一转凉，苏敬钢就会猫进屋子足不出户，冬眠意识比地下的蛇鼠虫蚁还敏锐。至于猫进哪间屋子并不重要，只要是有暖气的密闭空间就好，可更重要的还是人气。

厂子车间没有暖气，家里小屋只有自己。论取暖，哪里也比不过人气兴旺的兴顺啤酒屋，一栋矗立在北市场正中央的独楼，突兀且固执地在人字路口坚守了整二十年。邓丽君的歌声也在啤酒屋的大堂里回荡了二十年，因为老板娘周晓燕是个执拗的邓丽君迷。当年二十岁的她，以邓丽君的一首《我只在乎你》唱成了市歌舞团的台柱子。两年后赶上改革开放，歌舞团解体，改为私营，周晓燕下岗，正赶上亲大哥去世，留下这间啤酒屋，周晓燕只好硬着头皮接手，一晃就是二十年。

兴顺啤酒屋的常客们个个晓得，周晓燕跟苏敬钢是一对情人。“哟！三哥来啦？”几个岁数小过自己的熟面孔热情地冲苏敬钢打招呼，正围坐着满桌的哈尔滨红肠和搓碎的花生米皮，醉成了几摊烂泥。苏敬钢回敬着点了点头，窗边的一个老酒鬼自觉起身，让位给苏敬钢坐，自己则拎着半扎啤酒缩进了角落。窗边是苏敬钢喝酒的专座，也是兴顺啤酒屋里视野第一的位子，可以将人字路口三个方向来往的行人车辆尽收眼底。

“燕子，咱这地方真要拆了？”苏敬钢悄悄拉过周晓燕的胳膊，“菜还是老三样，酒今天多加半斤白的。”“‘咱’这地方？！”周晓燕瞪圆了眼睛看苏敬钢，不屑地说：“谁跟你是‘咱’？这地方跟你有半毛钱关系吗？”苏敬钢被当头一棒砸得不知所措，来不及追问就被周晓燕甩开手呵斥道：“这不是‘咱’的店吗？要吃啥自己去拿，又不是没长手，我这儿忙着呢！”

“闹不懂又是唱哪一出。”苏敬钢讪笑着为自己圆场，起身去倒了一杯散白酒，端了一盘花生米和皮蛋，坐下喝起闷酒。角落里的老酒鬼举杯敬了苏敬钢一杯，苏敬钢只用杯子底敲了敲桌面，算是回了礼数。老酒鬼偏又搭话说：“老三啊，这两天你没过来不知道，真要拆了。”老酒鬼抿了一口酒，过足了说书人的瘾，才又说，“这回是二铁带的拆迁队，昨天刚来下过最后通牒，让半个月内必须搬走，吵起来了，还把你家燕子给打了。”

苏敬钢走去柜台前，小心翼翼地敲着玻璃橱窗：“菜也懒得给我炒啊？”

“厨子回家了，就剩这一盘炒肝了，吃不吃？”周晓燕没好气地把盘子往柜面上一蹾。苏敬钢尴尬地撇撇嘴，说：“吃！你不是常说吃啥补啥嘛，喝酒的人就该多吃肝，我听你的。”苏敬钢托过盘子，手心冰凉，哀求说：“这肝都冷了，你再帮我热一热呗。”

“这时候知道听我的啦？装什么装！三年前我就让你跟我结婚，你怎么没听我的啊？”周晓燕音调急转直上，“你就是个凉了心肝的人，吃这冷肝正合适！爱吃不吃！”

“你小点声嘛！”苏敬钢瞟了一眼满屋子的老少酒鬼，为难地说：“能不能别在这儿说咱俩的事？”“咱俩有啥事啊？咱俩没事！”

周晓燕决绝地撇开袖子：“你这辈子跟我说过的话都是在这间店里吧？出了这啤酒屋你还认识我是谁吗？我卖我的酒，你爱来的时候就喝两口，听两首小曲儿，跟我拉拉小手，扯扯闲淡；不爱来的时候就跟对陌生人一样。你当我这里是老北市的窑子啊？我这里是啤酒屋！我劝你趁着还没拆，赶紧使劲喝，喝死你最好！”周晓燕把敦实的老式录音机往柜面上一摔，随手拧大音量，邓丽君的歌声震耳欲聋，惊得满屋子人酒醒了一半。

绿草苍苍，白雾茫茫。
有位佳人，在水一方。

绿草萋萋，白雾迷离。
有位佳人，靠水而居。
……

苏敬钢无趣地回到自己的宝座，隔着一排七零八落、醉歪歪的身躯，远望着周晓燕：她身上还穿着自己两年前送给她的大红毛衣，只是那毛衣底下裹着的胸脯不及往日紧实了，鸡心领外露出的长白的脖子平添出几条深不见底的沟壑。以前整日高盘起的发髻如今更不见了，披散着垂下来，貌似还能多遮掩几条眼角的鱼尾纹。

苏敬钢确实看到了周晓燕眼角的瘀青跟嘴角的红肿，可他仍在琢磨的是，为什么今天的周晓燕在自己眼中一瞬间不如当年好看了，仅仅是一瞬间。苏敬钢暗想，恐怕因为这是第一次清醒地端详这个女人，再无法如痴如醉。

“三哥，你最有文化了，帮兄弟给评个理！”隔壁桌的一群年轻人推搡着小刘上前，小刘毫不客气地一把搂过苏敬钢的脖子，喷着满嘴的酒气说，“三哥，你帮我教教这几个文盲，‘卯金刀’是啥！”

“什么‘卯金刀’？”苏敬钢心里正烦，斜起眼睛看小刘。

“‘卯金刀’就是‘刘’啊！繁体！”小刘拍着胸脯得意地说，“我跟他们讲我爷爷当年就是在北市场刻碑文的石匠，打小就教我认繁体字，就没有哪个繁体字是我不认识的！这帮孙子不信，非问我自己的姓繁体怎么写，我告诉他们是‘卯金刀’，孙子们非说我瞎编骗他们的！

这里也就数三哥你有本事给我评理了，你告诉他们，‘刘’字的繁体是不是‘卯金刀’！”小刘喷得吐沫四溅，顺手拈起一块盘中的肝吃了，皱着眉说，“这肝都冷了，热热再吃啊！”

“三哥，你实话实说，他要是错了，答应跟你姓！叫你一声爹！”整桌人在小刘身后起着哄，小刘摆摆手骂道：“滚蛋！人家三哥是谁？想当年那是咱北市场的这个！”小刘竖起一根大拇指说，“响当当的社会大哥！就算我肯认爹，人家还不稀罕认我这个儿呢！”

“是‘卯金刀’，你没说错。”苏敬钢顺势将小刘轻推回一桌人中间，小刘近乎癫狂地嚷起来：“怎么着孙子们？狗眼看人低吧！都把杯中酒干了，跟爷爷我认个错！”

“三哥，你的姓，繁体怎么写啊？”桌上响起某个质疑声，不疼不痒地搔着苏敬钢的权威。

“哪个王八蛋说的？！信不过三哥是不是？”小刘再次义愤填膺地晃起身，猛一拍桌子，“懂不懂规矩？没大没小！”“我姓‘苏’，‘草鱼禾’。”苏敬钢灌了一大口酒，低声说，“鱼在禾田中游。”

“都听见了吧？这叫‘如鱼得水’！”小刘像是自己连同着获胜般为苏敬钢摇旗呐喊，“三哥可是文武双全！不光肚子里墨水多得够淹死你们，拳头硬得也能打得你们满地找牙！”整桌人在小刘的号召下一齐为苏敬钢叫好。小刘越说越来劲，一双筷子敲击着杯沿儿，掐着腰振臂高呼：“话说十五年前，北市场豪杰苏敬钢大战土流氓铁德武，就在这兴顺啤酒屋前，三哥以一敌十，一刀扎穿二铁大腿，只见血如泉涌，怎一个‘猛’字了得啊！”苏敬钢确信无疑，周晓燕此刻正隔着人群狠狠地剜了自己一眼。

“坐下吧，喝成啥奶奶样子了！”苏敬钢大手一伸将小刘摁死在凳子上，又有年轻人冒出来接话茬儿：“原来二铁的跛脚不是天生啊！”“当然啦！二铁如今有钱了才敢臭牛×，当年还不是咱三哥的手下败将！”小刘过足了称兄道弟的瘾，忘情举杯，“兄弟们一起敬三哥一杯！”

苏敬钢第一次喝酒，是在十三岁的冬天。寒冬腊月的某个大清早，酒厂送酒的三轮车在人字路口的冰面上翻了车，两大塑料桶的原浆白酒咕咚咕咚地往外淌。邻居家的男人们端着家里的洗脸盆、刷牙缸子，甚至还有人端着刚刚倒干净的尿壶跑过来抢酒。苏敬钢当时正在那块大冰面上滑冰车，忽见一帮大人疯抢这两只桶里的东西，料定是宝贝，也凑上前抢，怎奈手中无器皿，他灵机一动，摘了棉帽子去接。棉帽子的里面缝着一层革布，原是为了保暖，此刻竟滴水不漏。

苏敬钢见大人们个个接了便喝，他也跟着喝，把脸扣进帽子里，学小猫小狗舔水那么喝——辣！十三岁的苏敬钢感觉自己的心、肝、胃全着了火，喉咙被烧得直冒烟。等这股子烟散去后，苏敬钢嘴里竟有股子甜味儿，是刚蒸熟的热腾腾的大米饭在嘴里嚼开的甜味儿。这股子甜味儿，从嘴巴里喷出来，又从鼻孔里钻进去，最后窜到脑浆子里打过一个转，苏敬钢就晕了。晕了以后，苏敬钢突然觉得周身暖和，热得恨不得脱了大棉袄去，又觉得整个世界都在旋转，打着圈地转，像是幼时扒在凹凸镜上看西洋片，满眼热闹非凡。

等苏敬钢晃悠着回到家，刚一踏进屋，就被老苏揪过来摁在火炕上，扒了裤子打。“他妈的不给老子剩一口！”老苏打了几百巴掌，终于打累了，捡起地上的棉帽子，贪婪地抽了两鼻子酒气，愤愤地出了门。

苏敬钢从小挨揍是家常便饭，可今天偏觉得蹊跷——屁股被打得跟两块红烙铁似的，居然一点儿不疼！苏敬钢狠下心又照着自己屁股戳了两下，确认真的一点儿不疼，咧嘴笑了。十三岁的苏敬钢心想，酒可真是好东西啊！不仅喝着香，喝完了还耐打！后来苏敬钢长到十五六岁，开始在外跟大孩子们打架，开战前总要喝上两口酒。

喝过酒的苏敬钢，既能打，又耐打，他打别人一下，别人疼他不疼；别人打他一下，他不疼别人疼。这仗一打成持久战，谁都怕了他。喝过酒的苏敬钢，俨然就是少年武松，老虎都不怕，难道还会怕几个欺软怕硬的毛孩子？苏敬钢第一次把对方打至头破血流是在十八岁那年，为一个十七岁的女孩儿。八年后，这个女孩儿嫁给了苏敬钢做妻子。又过了十五年，这个女人成了苏敬钢的前妻，带着儿子远走他乡，只为逃离苏敬钢醉酒后的铁掌钢拳，从此杳无音信。

“燕子啊，我又来啦！”冷风长驱直入，一队人马浩浩荡荡挤进啤酒屋的大门，走在最前面的是铁德武。苏敬钢不用抬眼看就知是二铁，那拖在地上一高一低的脚步声他再熟悉不过。可他还是忍不住抬眼看了，正与二铁的目光撞个正着。

此刻，周晓燕也在望着苏敬钢，苏敬钢却不敢对视。隔壁桌的小刘站起身来，满脸堆笑地招呼着：“铁哥也来啦！我们正说到你呢！”“说我啥啊？”二铁挥挥手，小刘自觉让出了座位，说：“铁哥你当年有多威风呢！”“俗气不？叫铁总！”“懂了，铁总！”“靠一边待着去！我跟我兄弟喝两杯，来吧老三！”苏敬钢微微翘起手中酒杯，面无表情。

“老三啊！”二铁笑出“扑哧”一声，“这年头谁还喝散白酒啊？来，把我那瓶酒拿来！”站在二铁身后的一位小弟递上一瓶滚圆粗壮的洋酒。“咱哥儿俩喝这个！”

苏敬钢彻底迷茫了，他想不通自己心中为何燃不起一丝怒火，反而波澜不惊。是因为千杯不醉了吗？他目光缥缈地盯着对面的二铁，突然觉得这个男人可算是自己大半辈子里最熟悉的人，甚至是最亲近的人。二铁身上那股子多年来毫未退去的血腥气竟如此让自己怀恋，他的一举一动，尤其是走路时一瘸一拐的身影，几乎铭刻着苏敬钢青春里轻狂不羁的所有印记。

“二铁啊！”苏敬钢把这个昵称喊得意犹未尽，“我现在喝不醉了。”“不给我面子？”二铁咂巴着两片唇,“也就是你还敢叫我二铁吧。”

“那我是该叫你铁哥还是铁总？”苏敬钢攥紧洋酒的瓶子，使出吃奶的劲来拧，瓶盖子却纹丝不动。“我来！”二铁接过酒，轻巧地弹开一个钢丝锁，盖子“砰”的一声开了。“好酒得开锁，不能使蛮力。”苏敬钢自觉干了杯中残余的散白酒。“酒量不减当年啊！”二铁给苏敬钢满上了洋酒，只给自己倒了半杯。“你这啥意思？”苏敬钢并未真的嗔怒。“老三，你欠我的。”

二铁拍了拍自己的右腿，“这些年阴天下雨都疼。”“我干了！”苏敬钢脖子一仰，杯底又空了。“跟我叫板？”二铁戏谑地笑，“洋酒不是这个喝法的，喝急了死得快，得慢慢品。”

可是苏敬钢的心、肝、脾、胃明明就没有丝毫感觉，如同灌了一肚子白开水，除了饱胀，还是一点儿滋味也没有。苏敬钢终于确信，自己是真的病了，酒，也不再是酒了。

十三岁那年屁股开花的第二天，苏敬钢一直昏睡至晌午，学都没去上。醒来后，苏敬钢头痛欲裂，侧着翻了个身，惨叫一声，两瓣儿屁股火辣辣地疼。他试着爬下炕，一站起身来更疼了，心想，敢情这酒劲只管一个晚上！酒劲一散，反而比平日更疼。苏敬钢暗暗盘算，必须再喝一些，于是拿上家里的凿子和脸盆，重回人字路口，找到前日洒过酒的那块冰面，凿起冰块子来。

苏敬钢装满一盆"酒块子"回到家，倒进壶里，放在炉子上烧，融了以后再倒进碗里，尝了一口——真不错！虽有股子土腥味，却远不及前日那么辣、那么烧心了。温热的酒滑进胃里，反更舒坦。苏敬钢将一整壶的温酒灌进了肚，眨眼间又天旋地转了。苏敬钢得意了，平趴在火炕上，任由晌午的太阳烤着自己的伤臀，满足地睡去。

"如今喝酒真没意思。"苏敬钢长叹出一口酒气，连闻到的人都会醉。"是吧？"二铁眼中有火光闪过，"我也觉着没意思！""非拆不可？""非拆不可！"二铁小口品着洋酒，扬眉质问，"老三啊，社会上的事你还管那么多干啥？老老实实混你的小日子，高高兴兴喝你的小酒，多好。""拆了就没地方喝酒了。""换个地方啊，哪里不能喝酒呢？"二铁突然回头看着周晓燕，"燕子啊，你过来！"

周晓燕蹭到桌前，甩开头发遮盖住眼角瘀青，冷冰冰地说："到底想咋的？"

"昨天是铁哥不对，多喝了点酒，不小心碰了你。但是，你也不该当着北市场这么多老老少少不给铁哥面子，对吧？"二铁将自己的半杯酒推到周晓燕面前，"这样吧，你跟老三同敬我一杯，就当是原谅铁哥失手了，好不好？"

苏敬钢举起杯，被周晓燕一巴掌扇开他的手，杯子碎落一地，酒溅湿地面。周晓燕瞪着苏敬钢的眼神，像是在雪地里深埋了一冬的捕兽夹子。

"好吧。"二铁不惊不慌，笑着说，"咱仨商量商量这事，不拆啤酒屋倒是有一个办法，申请遗址保护。这北市场都是张作霖和小日本盖的，随便挑一栋建筑出来都能算抗战遗址，啤酒屋这栋楼也不是没有历史，就看有没有人给盖这个章了。"二铁紧攥过周晓燕的手，周晓燕死命挣脱不开。"怎么个商量法？"苏敬钢问。"苏敬钢！"周晓燕眼泪夺眶而出，嘶吼着，"你他妈还是不是个男人？！"

"老三啊，我一直都觉得你……"二铁顿了顿说，"太傻了！兄弟如手足，女人如衣服，我一直的原则都是：谁断我手足，我扒他衣服！

你咋就不明白呢？但是我佩服你重情义，就给你个机会，你跟我求情不全都是为了这个女人吗？那好，让我照你腿上扎一刀，你敢吗？”苏敬钢“腾”地站起身：“来！”“你喝多了！你他妈傻啊？”周晓燕哭丧着喊骂着。

“我清醒得很！女人懂个屁！”苏敬钢目光直勾勾地盯着周晓燕，扭头重复道，“来！”二铁哈哈大笑：“老三啊，你当我傻吗？现在是法治社会，谁还舞刀弄枪啊？我就跟你开个玩笑！这地方该拆还是得拆！我现在是为公家办事，咋可能公报私仇呢？你可真逗！不过看在我俩多年交情的分上，就再给你们一个月，一个月后必须搬走。这瓶酒，就留给你俩喝吧，我公司里还多的是。”

老式录音机在瞬间哑了，渐渐又恢复成沉重的咳嗽，邓丽君的吐字一字一顿地卡住。柜台后的伙计按下停止键，取出录音带，用一根筷子插进带孔，熟练地反卷了一圈磁条后重新放入机器。

歌声重新回荡起，邓丽君的音色愈加柔美了。苏敬钢和周晓燕彼此不敢对望，同时默契地坐下，为对方满上酒，一杯一杯地对碰，直到整瓶酒见底，已不知过了几个时辰。“这肝我给你热热吧。”周晓燕摇晃着起身未遂，又瘫坐回凳子上。苏敬钢连忙扶了一把，说：“不用热了，冷着吃挺好。”屋子里的每个人都有些沮丧，陶醉地观望着这一出霸王别姬。他们刚刚都听到了三人的对话，于是个个怜香惜玉般地饮着杯中残酒，好像每一滴都是一夜缠绵后就将要永别的绝世美人。整间大堂突然安静下来，唯有邓丽君孜孜不倦地唱着：

任时光匆匆流去我只在乎你
心甘情愿感染你的气息
人生几何能够得到知己
失去生命的力量也不可惜
所以我求求你别让我离开你
除了你我不能感到一丝丝情意
……

周晓燕吐了一地，苏敬钢却清醒如初。他轻柔地敲着周晓燕的背，俯下身贴在周晓燕耳边说：“燕子，咱俩结婚吧。”“可怜我？”周晓燕醉起酒来，脸上的红晕重新泛光，美艳如苏敬钢第一次见到她那天。

苏敬钢终于明白，原来两人之间只要有一个是醉的，就足够。“过两天我就去把房子卖了，再加上你的动迁费，咱俩再找个新地方开间啤酒屋，离开北市场。”“还是可怜我。”周晓燕傻笑着，一双醉眼仿佛能洞悉苏敬钢的心底，她摩挲着苏敬钢的脸颊，“我俩就这么过吧，你有空就过来看看我，我就是这个命，我谁也不怪。”苏敬钢没醉，他能清晰地感觉到周晓燕手心中粗糙的掌纹沿着自己的面颊滑落。

啤酒屋里的客人终于散净，空荡却凌乱的大堂中只剩下苏敬钢跟周晓燕，她靠在他肩膀上，他弯过手臂轻轻捋着她的后背。灯光渐熄，集中照在大堂正中央的一块地砖上。

取暖的煤炉燃烧殆尽，星星点点的煤灰在橙黄色的光晕下飞升、盘旋，又坠落，仿若一群透支了毕生心血的老灵魂在生命最后一刻肆意放情。

煤灰飘落到地砖上，最终沉淀为被无数过往鞋底踩实的经年顽垢。

“再喝点吗？”周晓燕眼睛快要睁不开了。“别喝了，你已经醉了，我送你回家。”苏敬钢毫不费力地搀扶起周晓燕，这些年来头一次发觉这个女人竟是如此单薄，甚至轻飘飘，不觉又搂紧了她的腰，“走，我送你回家。”“不用。”周晓燕挣扎着挺直左摇右晃的水蛇腰，站定了，推开苏敬钢的手，说，“我不拖累你，有伙计送我。”她长吁了一口酒气，抹了一把眼角的泪，模糊地说：“我不做你的累赘，你回家吧。”

苏敬钢走出兴顺啤酒屋时，寒风刺骨。以往喝醉了，从头到脚散着热气，这点寒冷算什么。可他现在是清醒的，他冷，但他更怕。苏敬钢强鼓起勇气朝啤酒屋里回望，周晓燕独自站在煤炉旁，炉顶氤氲出的一缕缕烟像极了喷涌而出的干冰，头顶的聚光灯打在她身上——那是一块舞台，苏敬钢仿佛能清晰听见煤灰一粒粒落在大红色毛衣上的簌簌声。

“喝美啦？”老王道士手拎着自己的小木板凳和老茶壶，站在人字路的街角。

“才收摊儿啊？”苏敬钢疾步走上前，像是抓到了救命稻草，他急需有人跟他说说话，“王大爷，往后我也跟你学，戒酒。”

“嗨哟！”老王道士乐得一派潇洒，“咋就突然想通啦？不喝好，不喝好。”

“没劲了！”苏敬钢说，“嘴里也没味，心里也没味。”苏敬钢感觉自己在清醒地说着梦话，突然冒出一句：“人，真有命吗？”

老王道士乐得眼角刀刻般的鱼尾纹都展平开来，说：“老三啊，你这么问，让我该咋回答你好呢？我要是说没有，岂不是砸自己饭碗！算命，是我的事；信不信，是你的事。”

“那……该信还是不该信呢？”苏敬钢的目光比寒风还要凛冽，穿透了老王道士年迈的身躯，向更深的地方望着。

“张作霖，张大帅，厉不厉害？”老王道士一阵眉飞色舞，“当年建北市场要选址，还不是想找我神算王帮他看风水？这么大人物都信，你说该不该信？”

“后来呢？”苏敬钢追问，“你帮他算了吗？”“后来？后来还没等他来找我呢，就被炸死在皇姑屯火车站啦！”老王道士似笑非笑着说：“这不也是他的命吗！”

“你真当我醉啦？”苏敬钢狡黠地笑说，“又跟我吹！张作霖建北市场那年，你个老小子还没下生呢！”

“你瞧瞧，喝酒不醉，吹牛都没劲了。”老王道士哈出一口气在手中，趁热搓了搓，说，“回家吧，回家好好睡上一觉，啥都能过去。”老王道士说完，轻踮着步子，朝自家黑黢黢的小胡同里去了。

夜黑得更深了，坏掉的路灯无用地杵在人字路中央，像是为光明而立的墓志铭。苏敬钢伫立在人字路口，心底一片茫然。以前即便没有光的指引，他也能摸着黑儿在复杂交错的胡同中辨别出家所在的那一条，可那都是在他喝醉了以后。醉着的苏敬钢，做任何事都是清醒的。可是此刻，苏敬钢是醒着的，却醉得一塌糊涂。

# 不 再 让 你 孤 单

里则林

少年时，我们总把很多时刻当作整个人生的缩影，其实那很傻。

1

当我还是一个小女孩儿的时候，我问我的妈妈：长大了我会变成什么样呢？我会变得漂亮吗？我会变得富有吗？

我的妈妈狠狠地扇了我一巴掌，对我说：则林，你是一个小男孩儿哟！

所以，小男孩儿不是这样幻想未来的。

在闪闪发光的少年时代，我书读得少，但也不是全然没有梦想，只是当别人每次问起，我都不好意思说出口，因为我的梦想是当黑社会。

那时我妈信奉专家提出的“穷养男，富养女”，因此我在 2005 年、2006 年，每天一共有三块钱零花钱，一年算下来有一个保安的月收入。所以那是个贫瘠的年代，我仅靠着梦想支撑着人生。

记得在某个沉闷的午后，我带着仅有的梦想躺在长江边，看有着同样梦想的傻强站在长江边指着对岸的楼房，说以后那里有一栋会是他的，他会推平了建一个广场。我问他意义在哪儿，那时候还不太有“广场舞”这一现象，所以他也回答不出来意义在哪儿。

然后我们开始七嘴八舌地讨论各自喜欢哪一栋，买下来以后要干些什么。有一种假装自己零花钱每天不止三块钱的感觉。

聊着聊着，傻强说他饿了，我们也就都跟着饿了。我们一共八个人，把钱凑在一起打算吃顿好的，于是我们一共凑了四块八。去路边买了三碗凉面，我主动要求去端，发现自己只有两只手，只能就地先吃掉一碗，哈哈哈。我在旁边辣得倒吸凉气，看着他们七个人盯着两碗凉面发呆，没过多久，他们就抢了起来。

吃完之后，我们全然忘记了楼房这件事，人生理想降了很多个档次，变得更简单了：就是能不能吃完凉面再多加一瓶可乐。我们看着滚滚长江水咽着口水，等一个人先开口提议不如喝江水。

等着等着，终于等到堤坝边走来同校的两个低年级校友，几个冲动的人忍不住想扑上去，但老狗制止了他们。

老狗建议我们先一起盯着他们看。于是我们集体侧目看着他们，他们果然略显紧张，在离我们五十米时就忍不住开始用手捂口袋，老狗才长舒一口气："你看，他们果然带着钱。"

于是老狗和傻强去拦住了他们，两位小朋友就这样悻悻地帮我们圆了梦。

喝完可乐，我躺在一边伴着蝉鸣，听着他们各自打嗝儿的声音。傻强则在旁边，继续数着对面的楼房。我眯起眼睛看向高远明净的天空，没有一只飞鸟。那天的天空，纯粹得像傻强的智商。

2

傻强和很多名字带"强"字的人一样，智商颇低，并且最后都会被人叫作"傻强"。我认识傻强是因为他家住我家对面。

每天早上我背着书包上学，都会看到他从楼里走出来，双手抓着双肩背包的肩带。他总是一副自己给自己军训的样子，目不斜视，昂首挺胸，一直前进。两个人照面打多了，自然就渐渐拉近了心理距离。

那时的我虽然不学无术，但也不是一无是处。在极度的无聊中，我用作业本编纂了一本《青少年低端泡妞指南》，在年级间广为流传。

在某天隔壁班的傻强跑过来跟我说："嘿嘿，我经常在楼下看见你。"

我点点头说："我也是啊！"然后我们就正式认识了，傻强告诉我他暗恋他们班长，向我请教泡妞的技巧。

我抬起头，掷地有声地丢给傻强三句话：

"跪舔你就输了。"

"站着把妞泡了。"

"胆大心细，绝不要脸，要脸谁还泡妞啊。"

傻强激动得差点儿给我跪下，但我用眼神制止了他，毕竟我不是邪教组织。后来果不其然，傻强带着我给的三句"爱的箴言"，完全泡不到班长，因为我没有告诉他其中的重中之重：主要还是得看脸。

傻强受挫了挺长一段时间，一直不怎么敢见我。因为他觉得有愧于我，我给了他泡妞真谛，他却泡不到，他觉得自己简直丢了我的面子。

直到有一次学校统一打疫苗，傻强打完以后看到自己一直暗恋的女班长躲在角落抽泣。旁边的同学安慰她，告诉她别怕，其实没那么痛，但班长还是一直抽泣着摇头。

傻强看在眼里痛在心里，一咬牙，去报上班长的学号，替班长又挨了一针。那天下午傻强正在座位上直冒冷汗时，远远走来一个外班的男同学，自称是班长的男朋友。他告诉傻强："别以为你帮我女朋友挨了一针就能改变什么，我们一样当你是个傻子。"

然后他们扭打了起来，傻强被打傻了。

放学的时候，傻强咬着真知棒，看着班长和外班的男朋友手牵手有说有笑地走在回家路上，心如刀割。

傍晚，傻强坐在我家楼下哭泣，我只是静静地坐在他旁边。

傻强说："是不是得做个小混混儿才有女孩子喜欢？"

我说："不一定。但概率会大点，毕竟少女都爱追风男子。"

傻强又说：“其实有时，我也想当个小混混儿。”

我听完呵呵一笑，然后严肃地拍了拍他的后背，直视着他的眼睛，认真地对傻强说：“If you have a dream，just go to 追。”

傻强半张着嘴望向我，心里就此悄悄地埋下了梦想的种子。

3

自从傻强被毁了人生观和价值观之后，他渐渐在学校里迎得了所谓的“尊重”。他父母经常收到学校的投诉，但他们也没太在意，因为傻强还有一个各方面都非常优秀的亲生弟弟，所以对傻强没有任何期望和要求。

傻强感情受挫，加上父母的不管不顾和对弟弟的严重偏心，他渐渐产生了破罐子破摔的心理，变本加厉，越发大胆，学校也不去了，家也不回了。

按他妈的说法就是：“你今天看着他背上书包走出家门，然后绝对猜不到他会在哪年哪月再回来。”没过多久，傻强就被逐出了家门。

无家可归的傻强每天在外面跟着一群不上学的孩子瞎混。主营业务是收钱帮中小学生解决矛盾，恐吓同伴。业务不好的时候，傻强也试过拿着一个橘子站在网管面前，要求换取半个小时的上网时间，网管震惊之余，还是答应了他。

那些同龄人们渐渐都很怕傻强，觉得他人傻胆大，基本惹不起。加上他认了一个大哥，大哥告诉他：“人在江湖，不是你瞟我一眼，就是我瞟你一眼，所以平时人家看你，无论如何你都要看回去，这样才不输你的气质啊。”从此傻强就总是一副凶神恶煞的傻样，眼神像条哈士奇。

由于他学习了这个特别的“涨气质”技巧，我跟他在一起时，经常无辜被打。有时吃个面人家只要看了他一眼，他不管那张桌子上一共坐了多少个人，都要直勾勾地盯着人家看回来，直看到人家怒从心起，然后就会打起来。这种时候我一般上去随便被人碰一下就躺着不想起来了，免得爬起来继续被打。

有一天，我看着自己新买的阿迪达斯白色外套上全是不久前留下的泥污和脚印，忍不住忧伤地问了一句傻强：“你为什么总是跟着我？”

他过了很久才尴尬地说：“不知道啊，跟外面那些人瞎混完，我就只能来找你了，感觉我只有你了啊。”

我无奈地叹了口气，然后告诉他：“那你以后别总惹是生非了，至少在明显惹不起的时候。”

他严肃地看着我：“但我们不是说好要当黑社会吗？”

我不知道说什么好，我纯粹是因为当时不学习又没钱，觉得至少要拥有一个梦想，人生才完整。我说：“Let it go 吧，我累了。当黑社会并不好。”

傻强在旁边点点头，然后我们傻傻地望着天空发呆。过了一会儿，我问傻强：“你还真准备再也不回家了啊，每天就这么在外面瞎混吗？”

傻强没有说话，也没有表态，脸上浮现一股难得的忧伤，告诉我：“以前他们觉得我傻透了，现在觉得我坏透了。”

过了一会儿，我拍拍傻强说：“其实你不坏。”

4

在一个中秋，我和家人吃完饭，傻强给我的小灵通打电话。我下楼看到他，整个人神清气爽，衣服干净整洁地站在那里，拖鞋也变成了一双二手球鞋，抱着一个大瓶装的可乐，笑嘻嘻地看着我。

我看着他先是一愣，没等我开口，他就喜气洋洋地告诉我说他打算回家，但有点儿怕，让我陪他。我听了微微一笑，然后让傻强等着，我跑上楼去拿了几个月饼下来。

傻强路上时不时地傻笑着，抱着一大瓶可乐、拿着一个月饼到了家门口，犹豫半天。我以为他紧张，就打算帮他敲门。但他制止了我，我不解地看着他，过了一会儿，才发现他好像在听着什么。

我取下塞在耳朵里的两只耳机，把耳朵顺着门的方向贴过去，然后听到门的另一边传来一阵又一阵的欢声笑语。通过声音就能想象里面一大家子人那种其乐融融的氛围。

我们就这样静静地站在楼道里，感觉时间漫长。傻强看向我，眼神里带着一种傻傻的悲凉，没有说一句话。

过了一会儿，他蹲了下去，把可乐和月饼放在门口，站起来一个人转身走了。我想说点什么，但又不知道从何开口。

我们坐在路边，傻强静静地看着远处，傻强问我：“我是不是多余的？”

我说："其实你不敲开门，又怎么知道呢？"

傻强没有说话。

我想起了那些日子里，常在周末发现傻强像死尸一样直直地睡在我旁边，我一巴掌拍醒他，他告诉我是保姆放他进来的，他跟我家保姆是同乡。还经常在晚上，傻强用楼下小卖部的电话找我，让我随便端点东西下去给他吃，吃完他就去网吧睡觉了。

偶尔傻强不知道从哪里弄来好几百块钱，又叫我一起出去唱歌。他就这样有一天没一天地度过着少年的时光。

我忍不住一阵心酸。过了一会儿，从兜里拿出一个月饼，撕开包装掰成两半，和傻强一人一半，跟他说："中秋快乐。"接着月饼，傻强眼睛就红了。

然后我又拿出 MP3 和耳机，和傻强一人一只。我们在月光下，看着街上稀疏的人流，我放起了一首《不再让你孤单》。傻强靠着我的肩膀默默地流起了眼泪。我拍着他的头，也流起了眼泪。

那天之后，傻强很少来找我了，我也很难找到他。他没有固定的电话，也没有固定的地方。我时常盯着他家楼下，想起那个走路昂首挺胸的纯净少年。

5

一直到很多年后，我离开了那个熟悉的地方，夜里常常寂寞得睡不着觉，忍不住开车穿过一条又一条的马路，漫无目的地瞎逛在城市里，经常会听《不再让你孤单》，经常会想起傻强，也是那时才懂得了傻强傻傻的外表下，藏着怎样的心境。在最不能孤单的时候，他一直过得很孤单。

二十多岁时，我才再见到傻强，他已经变了个样，看起来也不傻了。他站在人群中显得成熟稳重。我问他在干吗呢，他说他在帮家里做生意。

我也没问他什么时候回的家，但他告诉我当初家里把他赶出来，其实是因为他出于嫉妒，好几次把自己的弟弟打得鼻青脸肿，父母一怒之下才把他赶了出去，这是他一直没告诉我的。

他后来也做了很多对不起别人的事情，比如没钱的时候把好朋友的手机拿去卖掉，住在别人家，偷了别人的东西，等等。而且他父母很早就来找过他，求他回家，但他因为怄气，一直不肯回去。

我心里微微一颤。傻强看着一脸惊讶的我，笑着对我说：“但我一直记得那年中秋，和你坐在路边，你给我放《不再让你孤单》，和我一起吃月饼，那之后我就没来打搅你了。”

我说：“记得有一次我们玩得州扑克，有一局你牌不好，我劝你做人别㞞，跟牌跟到底，结果一局就把我们仅有的钱输光了。其实那天我错啦，如果这局牌不好，那就放弃吧，没必要为了怄气把下一局、下下一局也毁了。”

他笑着点点头。

6

那天，傻强临走时问我：“是不是觉得我很坏啊，以前？”

然后我想起那个中秋的夜里，傻强跟我说：“以前他们觉得我傻透了，现在觉得我坏透了。”

我拍拍傻强说：“其实你不坏。”

因为很多年前，有一次凌晨吃夜宵，一个背着麻袋捡空瓶子的老爷爷经过，傻强马上把手上的半瓶可乐倒了个精光，追上老爷爷，把瓶子给了他。

那时，能多喝一瓶可乐，可是我们的一个小小理想呢。然后我对傻强摇了摇头说："只是世事难料而已。"

少年时，我们总把很多时刻当作整个人生的缩影，其实那很傻。

# 英 小 姨

村丘夫人

院里头住的人多，伴有吵嚷的日子，偶尔也说不清这究竟是一大家子一起过活，还是小家子挤在一起各过各的。细想来，争吵多，和乐少。

英小姨嫁了。

包下的那一家酒店里里外外，楼上楼下摆满桌椅。席间远近亲戚，亲朋好友。那日英小姨身着红装，一副水灵、羞赧的面容。

那会儿未出嫁的英小姨在村里头算得上是数一数二的美丽女子，身材偏瘦，手指细长，肤白，一头常被扎起的乌黑亮丽的头发。性子和男人相像，干起事来也是极为麻利的。都说那家英子只要吃上一个馒头，喝下一杯水，这布满石子和杂草的路面唰唰几下就被扫得干干净净的。谁家要娶了英子这么好看又能干的女人可是大有福气。

自英小姨嫁入王家，王家小院里的一棵大树愈发繁茂，冬日也无那叶落叶败的凄凉之景。王家公婆生有两子一女，长子已结婚多年，有个八岁的孩子；次子便为英小姨的丈夫。

院里头住的人多，伴有吵嚷的日子，偶尔也说不清这究竟是一大家子一起过活,还是小家子挤在一起各过各的。细想来,争吵多,和乐少。

公婆喜在院子闲坐。平日英小姨上下班，空闲了也便随着大姑子与公婆同坐在院子。挑些豆，浇些菜，与公婆搭上几句话。一年三年，这日子也就一天天急急缓缓地过去了。英小姨生了。

夏日的风柔软地打在门窗上，散出的几股热气随着英小姨额头上连连流出的汗珠湿了枕巾，双腿发软。英小姨睁眼望着窗外天边上幽幽飘忽来去的云朵，眨眨眼，泪滴和汗珠混在一起。长呼一口气，松了松紧握的拳头，瞬时不知从哪来的阴凉进身，沁透心脾。

同往日一样上街买菜，街坊人都惊奇英小姨生完孩子身形竟也一点儿没变，还如年轻时一模一样。英小姨不好意思地挠挠头，说着也许是和自己好动的性格有些关系。闲聊后便推着车往家去。路上英小姨低头盯着地面出神。车轮的影子在前头转着，时不时拉长拉短。几缕头发垂下，英小姨发现自己的头发分了许多叉，不再有往日的柔顺。

英小姨常抱着孩子坐在树下。头顶的树叶的吵响，看那阳光穿过叶的罅隙打在地上，细碎的光斑在英小姨身上忽闪忽现，怀里抱着的婴儿时哭时笑。风一吹，光斑便在嫩白的小脸上游离一阵。英小姨哼着歌，轻轻地摇着孩子。摇啊摇，仿若这几年的时光也就此在轻轻摇着。英小姨病了。从王家院中不时传来打闹声，邻居都好奇着这家究竟出了些什么事。细看个十日百日源头也就探了出来。

闻婆婆与小媳妇不和，对不上眼，稍有小事便开口大骂。小媳妇也是个要强的，受不了婆婆这臭气撒自己头上来。一骂一还，或是几次三番操起家伙相互挥打。那丈夫是个认亲娘的，自然站在婆婆一边。吵猛烈了，竟和着妈一起出手教训老婆。

孩子五岁了。英小姨见这院里棍棒木桶些的东西胡乱摊着无人收拾，便跑去弯腰一一拾起。婆婆见状，心中的气好似有所解。可英小姨走到孩子身边把那些物件又从手里扔回地上，转身狠狠地瞪着公婆丈夫一家，像个陌生的外人。

夜深人静。英小姨依旧难眠，数不清在每每的夜里起过多少身。除了烦乱还是烦乱，双手抱臂站在窗边，盯着窗外开始自说自话，接着破口大骂。冬日的冷风一阵接一阵，把夜空的乌云吹散，清冷的月光洒下，照得英小姨那一双圆睁的瞳孔放着冷冷的光。

日子久了，街坊邻居都在议论那家媳妇像是患了精神病。常常旁若无人地自言自语，走在路上也不时觉着有人在跟踪着，说是那恶毒的婆婆和该死的丈夫要害死自己。说着说着就掀衣服撩袖子，指着身上几块瘀青和擦伤，骂着，诅咒着。

娘家人听闻此事,便到公家询问。不悦的相谈后把英小姨接回娘家,婆婆不愿孩子也被带回娘家,连扯带骂地把孩子留下。英小姨走的那日,院子的那棵树树落下了许多叶子。

英小姨没了。

时光断续地逝着。英小姨从娘家到王家去看孩子。在脑子里仔细算,也算不来这到底是过了三年还是五年，或者又还是好几年。

英小姨全然变了个样子。身形臃肿，眼窝子往里凹陷，短而枯燥的头发像是被啃咬过的。走在路上便有人指着英小姨说道，就是她了，听说进医院好几次，前几天那家人才刚把她接出来的，都变成这样了，到底是有得治还是没得治呢。

英小姨站在王家院外盯着里头望。王家婆婆瞧见院子外站着的人愣了几下，接着便走近吼着让她快些离开。英小姨仍站着不动，像是没看见跟前站着的人，依旧直直盯着院子里头。婆婆赶不走院外站着的人，便往回走进屋里，砰地关上门。

英小姨还是站着不动。只见楼上，那昔日夜里，自己常常站着的窗边探出半个身子晃动着。英小姨猛地抬头，看着窗边站着的人，英小姨想笑，用力地努了努嘴，可没能笑出来。孩子就算大了，英小姨也是认得的。王家院子那棵树的枝丫一一败落。自那以后，那个孩子常常梦见自己的母亲站在高高的地方，往下跳。

# 天 使

里则林

姐姐本就是一个值得尊敬的人，而自己想着如何像她一样成为一个值得尊敬的人，并没有什么好觉得可耻的。

## 1

我人生中第一次打架发生在幼儿园。那年我还是小班，在幼儿园的小广场看见读着大班的一个女孩儿被一个胖子推倒了。

我立马像条小猎犬一样从队列中蹿了出去，双眼通红地又喊又叫，愤怒地用双手砸在小胖子身上，却觉得自己手好痛，然后“哇”的一声就哭了。

小胖子全程惊愕，被吓呆了。直到发现他自己的手正被我抱着用嘴啃着，才猛地抽离出来，往远处跑去。

我气喘吁吁地坐在原地，觉得爽爆了。

那个被推倒的女孩儿是我的姐姐，她和我同月同日生，但是早了我两年。

小时候姐姐很聪明，相比之下我像个弱智儿童。比如姐姐在街上看见什么好吃的好玩儿的，不会直接叫爸爸、妈妈买，而是跑到我跟前对我说：“弟弟，那个东西很好，但是爸爸、妈妈不会买给我们的。所以你千万别叫爸爸、妈妈买哟！”

我听完整颗幼小的心灵碎成了渣，东西很好，但是不会买给我们？然后在甚至还没搞清楚到底是什么东西的情况下，直接往地上一坐，放声大哭。

妈妈会马上跑来焦虑地问：“怎么了？”

“那个东西很好，我要！”

“哪个东西？”

于是我就蒙了，马上看向姐姐。姐姐用眼神给我指引了一个方向，我顺手就是一指。过不了多久，东西就会到手，并且是姐姐的手。

姐姐说她还很小的时候，看见更小的我躺在婴儿床上，妈妈总是焦头烂额地来照顾我，那时她就很讨厌我，觉得我把她的妈妈抢走了。所以当我还是一个小宝宝的时候，姐姐从来不照顾我，也不抱我。没事就喜欢戏耍我，让我哭着要东西也是她戏耍我的把戏之一。

后来上幼儿园，姐姐总是故意加快步伐走在前面，我在后面得吃力地一路小跑才能跟上。有一天姐姐转过身来让我别老跟着她，我无助地站在原地，很委屈地说："那我不知道跟着谁了。"

姐姐说那天她一下子才觉得自己有一个弟弟，要好好照顾他，她才变成了一个姐姐。

儿时爸爸、妈妈很忙，每天幼儿园放学之后，我和姐姐会一直站在门口的门卫处等父母来接。每次等久了，我就觉得爸爸、妈妈可能不要我们了，伤心得放声大哭起来。

每当此时，姐姐会拍拍我的头，让我看她的手掌，对我说："姐姐会魔法，能看到爸爸、妈妈已经在来的路上了！"

我吸溜着鼻涕将信将疑地看着她，她马上又低头看着手掌继续说：

“他们还买了水果、蛋糕和很多小玩具。”

我问她：“真的吗？”

姐姐很认真地对我点点头，我就停止了哭泣。

姐姐用这种魔法让我安然地度过每一个等待父母来接的黄昏。

不久之后有了保姆，负责接送和照顾我们两个。可是那个保姆喜欢打牌，常常忘记时间。在一个暴雨后的黄昏，放学后的我们等待了许久迟迟不见保姆的身影，眼看天就要黑下来了，姐姐只能独自拉着我回家。

在过一条大桥的时候，暴雨后的积水还没排走，水淹到了姐姐的膝盖、我的大腿。我吓得不敢再往前走了，姐姐看着周围许久，发现没有人能够帮助我们，于是她走到我面前半蹲下来，让我趴上去。

姐姐就这么一步一步地背着我蹚过了一整条积水的大马路，我在背后看着姐姐的汗一滴一滴地顺着额头流向脸颊，默默地就红了眼睛。

在那些父母忙得不可开交的幼年时光，姐姐在我心目中像全能的神。她能带着我上幼儿园，又能带着我回家；发烧时她一边拿着电话听求助热线，一边笨拙地给我敷毛巾，往我脸上洒水；常常拉手风琴给我听，也会拿着一本本连环画，在我们都不怎么识字的情况下，根据她的理解把故事讲给我听。这些在我心目中都是很了不起的事情。

我读到大班那年，生活突然发生了变化，家里的生意出现了一些问题，姐姐无奈要被送去外婆家寄养一年。

临走前姐姐递给我一支顶端有只小青蛙的自动铅笔，一块橡皮擦，还有几个小本子，对我说："这是姐姐用平时攒下来的零花钱买的，本来打算等到你上学前班的时候送给你，到时候会用到这些，现在提前送给你了。"

我接过后点点头，过了一会儿姐姐又从小书包里小心翼翼地拿出一个自己用易拉罐做的笔筒，外面敷了一层纸，纸上涂得七彩缤纷，写着"生日快乐"，递给我后接着说："马上你又要生日了，这是姐姐给你做的生日礼物。你就不要再吵着找爸爸、妈妈要礼物，要蛋糕了。"

我又点点头，姐姐又强调了一次："这次是真的呦。你不能吵着找他们要礼物，这次你要懂事。"

我便似是而非地明白了点什么，用力地点着头。然后我看着姐姐背着一个小书包和外婆离去的身影，突然想起马上也是姐姐的生日，我却没有礼物可以送给她。看着那个笔筒，我流下了伤心的眼泪。

2

姐姐去了外婆家的日子里，妈妈总是给我煮一锅粥放在家里，然后就和爸爸出门工作了。我常常一个人在家里发呆一整天，翻烂了手上所有的《三毛流浪记》连环画，最后唯一的娱乐只剩下那个安在门背后的小球架和手上的一只小篮球，坐在床上不断地投，有时候进，有时候不进。

常常忍不住想姐姐在什么地方、在干什么，但再也没有哭过。我那时想，等我再见到姐姐的时候，她就会发现我已经不哭闹了。

那一年的家里总是有堆积如山的半成品衣服，每天夜晚都能看到父母蹲在大厅汗流浃背地给那些衣服钉纽扣。那时我才明白，为什么我的生活突然变化这么大，再也没有了娇生惯养、到哪儿都有人供着的日子，所以再也没有对父母撒泼耍赖地要过任何东西。

半年后，我们到了另外一个城市。在陌生的地方，我渐渐发现自己总在潜意识里充满了姐姐的影子，比如面对陌生人时，我会想，如果是姐姐会怎么做？在需要问路时，我会想，如果是姐姐会怎么开口？那时我还害怕搭乘手扶电梯，站在下面时，我又会想，如果是姐姐，已经一步踏上去了吧？然后我就一步踏了上去。

我常常拿着一盒蜡笔，在纸上歪歪扭扭地画画。画面内容大部分都是姐姐，有时她站在一片绿色的草坪上，有时她站在五颜六色的彩虹里，还有时，她在一片灰蒙蒙的灰色里，只有背影。

又半年之后，姐姐回来了。小孩子总是长得很快，一个月不见都变化很大，何况一年？吃饭时我和姐姐对视一眼，感觉很陌生，仿佛第一次见面。在接下来的日子，我们很少对话，也不像曾经那样无话不谈了。

直到我上小学的前夕，我坐在阳台上对姐姐说："我觉得很害怕。"

姐姐："为什么？"

"我就是觉得上小学很害怕。"

接着姐姐笑着跟我说了很多关于小学有趣的事，还把她的红领巾拿出来给我戴上，说我戴起来很好看。

最后姐姐趴在阳台上问我：“这一年过得好玩儿吗？”

我摇摇头说：“放假我都是一个人在家。”

姐姐趴在阳台上没有说话，晚风吹过来，头发飘了起来，却遮盖不住她被黄昏映红了的脸和眼睛。

3

时间总是永不停歇，也不曾让我们喘息过一口气，便推着拉着我们向前跑。

我十五岁那年，姐姐已经十七岁了。我由于在校表现“突出”，操行分根本及不了格，于是姐姐上到高三时，我还留级在初中部。

姐姐的青春期喜欢看《幻城》《梦里花落知多少》，而我只看《火影忍者》和《古惑仔》。姐姐喜欢逛街，而我只喜欢坐在街边和一大群江湖兄弟抖脚。

所以我们完全没有任何的共同点、共同语言，生活里除了同住一个屋檐下没有了任何交集。

并且她在这之前的早两年，就开始对我有一种莫名的疏离感。甚至某一段时间，我们因为争吵过多而彼此仇视。

加上我的朋友们都很放浪形骸，特别是有一个叫夏天的，没事喜欢在我家玩耍，一玩耍就是几天，常常在客厅的厕所洗完澡，什么都不穿就往我房间走。那天正好姐姐开门从房里出来，被吓得目瞪口呆，一个拖鞋往他脸上飞去。他委屈地捂着脸跑回我房间来，找我借一条内裤。

我们就这样成了一对彼此嫌弃的姐弟，从不允许对方踏进彼此的房间。

姐姐的叛逆期也是很叛逆，常常大声地跟父母争吵，每当这个时候我总是正义凛然地挺身而出，帮着父母一起批评姐姐不对，纯粹觉得好玩儿；而轮到我与父母争吵时，她也如此。

但只有一次姐姐与父母争吵时，我没有出去帮着父母批评姐姐。

那天姐姐情绪激动，说从小到大他们只爱弟弟，把她一个人送走，什么事都偏向弟弟，一起犯的错也都是批评她，然后就哭了，爸妈也沉默了。

我在房间里静静听着，感到了内疚。

我想，一个家庭里，子女中受委屈最多的，常常都是较为年长的那一个。因为大人们对他们的期待更高，要求更严，期待他们能带好下面那些小的。很多时候，我可以用“还小不懂事”来当作借口，但姐姐却永远不能。所以才会有所谓的不公平。

那天我突然很想去安慰姐姐，只是走到她紧闭的房门前，又没有了敲门的勇气。回到房间，我坐在床上，拿出小时候和姐姐的那些合照，一张一张地看，想起她从小送我的那些礼物，有一种莫名的伤感。

没过多久，我初中终于毕业了，接着就被发配到了小岛去上高中，而姐姐去上了大学。

我们聚少离多，常常看到“兄弟姐妹”相关的字眼，也会想念自己的姐姐。但毕竟是过了小时候那么直白的年纪，很多话都只放在了心里，特别是那些亲近的人。

长大以后，我常常假装看不起姐姐，总是嘲笑她写一些“傻乎乎”

的 QQ 签名，看一些莫名其妙的书，和一些同样“傻乎乎”的人交朋友，进行着一些“傻乎乎”的休闲娱乐。

但慢慢我才发现，对她的这种鄙视，是出于羡慕。

姐姐常常会在某天突然消失不见，像小时候那样，接着就能在她的朋友圈里陆续看到许多世界各地的美景，并且在路上认识许多外国人，和他们交流，和他们成为朋友；还可以只身一人去西藏一个月，然后带回来好多见闻。姐姐总能直率地上前靠近所有想靠近的人，有坚定的信仰，且从不害怕自己遇见坏人，愿意相信和付出。

我不曾有过像她一般的勇气，却一直想成为她这样的人，遵循着自己当下的想法立即行动，或是毫无恐惧，很兴奋地去一些遥远而陌生的地方。

所以在偶尔遇到难题，我还会想如果是姐姐会怎么做时，就开始厌恶她，却是源于自己那种奇怪的自尊心。

但后来我想明白了。

姐姐本就是一个值得尊敬的人，而自己想着如何像她一样成为一个值得尊敬的人，并没有什么好觉得可耻的。

在我高中毕业后，出人意料地考上了一个本科，去上了大学。没过多久，姐姐毕业了，她选择了去其他地方工作。

4

在一个晚上，我的母亲问我，今天怎么不开心？

我说我想我姐姐了，于是和爸爸一起开车去看姐姐。穿过一条脏乱的小巷子，到了姐姐狭窄的出租屋，几乎只有一张床和一些简单的电器，桌子上放着两个苹果。

姐姐却一直兴奋又喋喋不休地跟我们说着这里附近那些好吃的东西，直到我们走出去，经过那些“美食”时，才发现全是一些看起来很不卫生的小菜馆、路边摊。

凌晨的时候，姐姐站在路边，坚持要送我和爸爸离去。

我透过车窗，看向姐姐，觉得她站在昏黄的路灯下，显得那么形只影单，矮小瘦弱，一股莫名的心酸涌上心头，眼睛红了。

回过头来才发现，一晃好多年，我早已比她高出一个头。她再也不能背着我蹚过一整条积水的马路，反倒是她在我心里变成了一个需要人照顾和保护的小女孩儿，就像她小时候照顾和保护我那样。

想起小学一年级时，美术老师让我们画一个亲人，我在纸上画了一个瘦小的小女孩儿，小女孩儿背后却有一对大得占满了整张纸的翅膀，在画的右下角，我歪歪扭扭地写了“姐姐”两个字，然后交了上去。

记得有一年，你去了外婆家，我就再也没有哭闹过，也许是那时你不在身边了，我知道没有人会魔法了。小时候你让我误以为世界总是晴天，到头来才明白，是因为你张开翅膀，挡住了所有风霜雨露。

像天使一样。

# 她 不 是 李 寻 欢

花大钱

你像夏天只爱自己，而我却爱了你无数个四季。

## 春

盼望着，盼望着，东风来了，春天的脚步近了。 一切都像刚发育的样子，欣欣然谈起了恋爱。

那天我跟寻欢照常相约把酒话八卦。她带了一个鬼佬过来，既不是高鼻薄唇轮廓坚毅的金发北欧狼，也不是肤色古铜腹肌八块的荷尔蒙猛男。而是个一头齐肩自然卷的中东小哥，留着一茬茬青色的胡子，有种对自己的英俊特别不以为意的迷人气质。“大钱大钱，我要 Tequila。”

“欸我说，你这是学和亲公主当起了国际友谊大使了啊。”趁着给她递酒的空当，我憋不住小声调侃了两句。

寻欢白了我一眼，偏头舔了舔手背上的细盐，然后一口饮尽杯中酒。昏暗顶灯下，寻欢叼着柠檬片微眯双眼失神的样子，活像只餍足的慵懒小野猫。

这世界上总会有那么几个人，他们的存在好像就是为了让你意识到自己过得有多么㞞蛋。在所有姘头里，我永远最羡慕寻欢。

盘儿亮条儿顺，带着一种色厉内荏趾高气扬的美和潮湿的性感，像瘴气弥漫的湖泊。当我们还处在把棉毛衫塞进运动裤顺便把松紧带扎到胸口的高中时代，寻欢已然带着脖颈后面那行“the girl with no curfew”的文身投身到声色洪流之中了。

但其实世上没有一个姑娘生来像妖精，她们都能成仙，只要能碰到可以度化她们的那个人。于是寻欢遇见了白安显，难以想象一个画风如此粗犷的大汉有这么柔情似水荡呀么荡的名字吧，可寻欢曾说过这是她听过最动听的名字，让人想起这个季节里腥香的泥土。春风熏熏然，吹开的都是一朵朵少女心。寻欢开始不怎么出来玩儿了，不再化凛然的妆，不再暧昧地笑。有时候一整周都见不到她，听说她整天窝在家陪老白写他的新剧本，最近又开始研究起来老白他们国家的美食，跟着食谱一点点学，我们每个朋友都当过她的试吃小白鼠，无一幸免。

老白生日的时候，寻欢送了他一个歪歪扭扭的埃菲尔铁塔。当时我还嘲笑她，这其实是比萨斜塔吧？后来才知道这是寻欢费尽心思搞到一块老白用坏的废弃板子，用个把月的时间，到处借工具找人帮忙，活生生把板子锯成一块块，再重新拼接做出来的，只因为老白喜欢滑板。我想寻欢可能是真的遇到了爱。可我没想到爱是这么个邪乎的东西，不仅能让十指不沾阳春水的姑娘甘心洗手做羹汤，还能让她变成资深木匠、手作小达人、十项全能王。其蛊惑力之大，何以想象。

夏

天气开始热起来的时候，老白的头发也长了很多，他把头发扎了起来，跟街头卖唱的艺术家们更像了。

老白是导演系的学生，喜欢刷板，喜欢拍照，喜欢做梦，喜欢流浪。他会用不同的语言写诗，会听很旧的唱片，会做一切疯狂的事，会时不时说一些很文艺的话，就像他的小辫子一样文艺。就是这样永远捉摸不透，永远天马行空。寻欢觉得：怎么会有这么神奇的人，好像能一直活在规则之外。我觉得怎么现在连老外都是一副我国文艺青年的样子。

接到寻欢电话的时候，我正在吃“妈呀牛肉在哪里”的牛肉粉丝汤。

“大钱大钱，因为老白要去英国进修，我也放弃了这边的学校，申请了英国的硕士，马上要跟他一起出国了。”虽然寻欢从来不按常理出牌，但这个突如其来的消息还是让我虎躯一震。

“啊？开什么玩笑？”

“真的，最近都在忙这事儿，打算去曼彻斯特学高尔夫球管理。现在别的都妥了，就差两门课的绩点还没达标，正准备重修。”

“啊？世界上还有这么放浪形骸游戏人生的专业？”

“因为绩点不够，不能跟老白申请同一所学校，就连申请专业的时候都受到了很多限制。不过我觉得这专业挺文艺挺有前途的啊，你没听说过吗？”

“听过听过，不就是那个跟挖掘技术研究、花样剥蒜学并称21世纪三大最具影响力专业的高尔夫球管理嘛。”

“别扯淡。这次我是认真的，跟以前的那些都不一样。”

夏天的阳光，总让你觉得自己一直是个少年，而夏天的夜晚，总让你以为自己会爱身边的那个人到永远。

接下来几个月，寻欢倒真是天天泡在图书馆里。戴着框架眼镜一副潜心学术的样子。夏天还没结束呢，寻欢就和老白一起出了国。

我问过寻欢很多次："想都不想清楚就跟着老白一起出国，还学这么个扯淡的专业，真的值得吗？"

"我不知道值不值得，我只想着他一个人去英国的话，那谁来给他洗袜子呢？"

老白在利物浦，寻欢在曼彻斯特。虽然不同城，幸好距离也不算远。

利物浦靠海，夏末的时候经常会受到飓风的袭击，严重的时候还会停电断网。寻欢每次都会从曼城跑来陪他。没有灯，他们就在家中点上蜡烛，一起躺在床上无所事事。寻欢说，"老白老白，我来给你看手相吧。你把手给我。"老白笑着把手伸给她。"别笑！"寻欢一边说一边故作认真地闭上了眼。

"嗯，小伙子，你一定很喜欢滑板和拍照，在艺术领域很有天赋，只要努力以后绝对能成为一个很成功的导演或者摄影师。你很喜欢中国菜但是不能吃辣，你不吃番茄但是酷爱番茄酱。你不会撒谎，一撒谎眉毛就会不自主上挑，紧张的时候就会把脸侧过去。你有半夜起床喝水的习惯，你中奖运真的很好欸！命里犯彩票，说不定以后会很有钱，到时候请谨记陀思妥耶夫斯基说的那句‘苟富贵，忆寻欢’。还有还有，你以后会娶一个中国女人，一起生一堆孩子然后一起长出可爱的皱纹。”

“哈哈还有你这样算命的吗，那你说说我会娶谁？”

“当然是近在眼前远在天边。”寻欢边说边得意地摇了摇脑袋。

老白又在笑她了。寻欢看着眼前的老白心想：反正就是要赖着你，人老珠黄也要赖着你。

窗外呼呼的风声，是夏天的最后一个背影。寻欢想着想着，这个夏天就这样过去了，就像记忆中的每个夏天一样。

秋

“大钱，我喜好新鲜，曾一度以为总有一天对他也会厌倦，现在想想怎么可能厌倦，不会厌倦老白就像不会厌倦吃饭那样自然。”

“别人问我他到底有多好，我只要说长得帅啊很有钱啊他们就会露出羡慕的眼光，可是只有我知道他最好的是能让我活得像个孩子。”

英国的秋天总是下雨，潮湿又迷乱，树叶像是裹了一层太厚的糖稀才会摇摇欲坠，风啊好像能一下子就能吹进你的心窝子里。秋天真是个神奇的季节，就连门口送外卖的小哥站在秋天里，都像在等女朋友下楼来。

那个时候寻欢和老白都是手头拮据的学生。还记得在最穷的时候，从曼城到利物浦的火车票最便宜是十镑。十英镑或许只能买三个冰箱贴，或许还买不了七棵白菜，但它却能将谨记八荣八耻的好姑娘逼上逃票不归途。都说绝境能激发出人的无限的潜能，寻欢的智商就在这样弹尽粮绝的境地中达到了人生新高度。

有着独特逃票技巧的她只需要买首站到第二站以及倒数第二站到终点站的票，就能用加起来不到 4 镑的票价完成这趟价值十镑的千里会情郎之行。

什么规章制度，在一张买不起的火车票面前都不值一提。什么胆怯畏惧，在一颗忍不住奔向你的心面前都微不足道。

寻欢那时候真是什么都不怕啊，心里怀揣的那全是沉甸甸的热望。

麻酥酥的风从车窗吹进来，橘色路灯明灭，眼前的景致都熏然。

年轻的时候我们总觉得一切都不会有结束的那天，眼下就是永远，此刻都将不变。可恋爱就是划着一个破烂的小船在海上荡，船上只有两个人，你爱的那个人掌着舵，他随时都有权利让你下船，而你，不会游泳。你说那我们就一直这样荡下去吧，可是船在漏水啊，你们也只能一边荡一边看着船漏水，等着彻底下沉的那天。

秋末的时候，老白打算回自己的国家发展，他告诉寻欢，他不知道现在生活的价值在哪里，他要去寻找更有意义的东西。寻欢说："难道我不是你的意义吗？"老白说："你不懂，爱情并不是生活的全部啊。我还有很多的冒险，很多的梦想。"

我以为寻欢会像以前一样气鼓鼓地追一路。但这次她没有。在他们的感情中，寻欢永远是爱得比较多付出比较多的那个，哪怕是要被抛下，她也依然想要为他付出为他牺牲。爱到深处真是没有别的，就想你好，那些泪水啊大雨啊都由我一个人来吞咽吧。没关系，真的没有关系。

因为我们都是傻 x，所以爱人一千，自损八百。

可寻欢不是傻 x，她是金光闪闪的大傻 x，所以爱人一千，自损一万。

冬

寻欢说，这个冬天的空气好像苦水，你的心头鼻尖耳垂怀抱都冰凉，只有我看你的眼神，依然滚烫。老白这次是真要、真要走了。

“为什么会爱上这样一个人，明明就知道一定会受伤啊。”

“你也知道吃了会发胖，但你能放下手下的垃圾食品吗？”

老白走的那个晚上他们一起吃了面。天气已经入冬了，寒意混沌，面条服帖。是老白最喜欢的那种软塌塌、胖嘟嘟、滑溜溜的面条，寻欢看着老白，看他低头吃面，“哧啦哧啦”，看他低头喝汤，“咕噜咕噜”。

去机场的路上，遇上大雪，全世界都是一片噪点，寻欢一路把老白送到了机场。

上飞机前，老白给了她一封信，里面只有一行字：“Here's looking at you, kid.”(此志不忘，小姑娘。)寻欢拿着信坐在候机大厅里，耳边各国语言氤氲，还有飞机起飞的轰鸣声。身边都是人，很多男人，很多女人，很多小孩儿。

寻欢想，这辈子只有老白才会叫她 kid 了吧。可她的老白，今后会娶什么样的人呢，会有多少儿女绕膝呢，会和谁一起逛宜家、一起长出可爱的皱纹呢。

寻欢不敢想了，外面的雪下得更大了一点儿。她突然想起来他们还在一起的某个晚上，那时候寻欢刚学着下厨，搞得厨房乌烟瘴气做出来一堆无法下咽的黑暗料理，最后他们还是叫了外卖，两个人坐在地上啃鸡腿。

突然寻欢抬头对老白说了句："我爱你每次啃完鸡腿儿都不擦的小油嘴儿。"

老白没好气地白了她一眼："你什么意思啊？"

"哈哈！"寻欢觉得老白这个样子特别好笑，"你只要知道前三个字就好。"

这是多久以前的事呢，好像都过去好久好久了吧。

寻欢终于忍不住在候机大厅里号啕大哭起来。

你像夏天只爱自己，而我却爱了你无数个四季。

# 祝 贺 你 ，
# 最 后 娶 到 一 个 像 我 一 样 的 女 孩

陈亚豪

用生命爱过的人，怎能是一句忘了便会真的忘了的。那是曾经无数个日夜思念，陪你走过一个又一个春夏秋冬的人。

晚上和哥们儿在一家串吧喝酒，这家串吧叫“很久以前”，离我家不远。店里的装潢和布置有点儿酒吧的感觉，灯光昏暗但很温暖，放的歌曲常有些伤感，里面的氛围总是不禁让人回忆起什么。和哥们儿喝到一半酒兴正酣时，旁边的座位来了两个女孩儿。这两个女孩儿没有什么特殊之处，我也并非喝了点酒想看看美色，只是其中一个女孩儿的表情很是痛苦，眼里总时不时地闪着泪光。她俩坐下后，其中一个女孩儿直接要了一打啤酒，我摇摇头笑着对哥们儿说：“我喜欢听别人的故事。”

那个忍着泪水的女孩儿一杯接一杯地给自己灌酒，旁边的女孩儿总是欲言又止，只好陪着她喝闷酒。两个女孩儿连着喝下了四瓶啤酒终于停下。女孩儿的泪珠一直在眼里打转可始终没有掉下来，她一只手死死地握着酒瓶，肩膀有些颤抖。因为我们的座位实在离得太近，她一开口，话语便飘进了我的耳朵里：“他结婚了，我的前男友。”

她是哆哆嗦嗦地说完这九个字的，说完马上做深呼吸。我不知道从她接受这九个字到现在她鼓起勇气说出来，经历了多大的心痛，但从她一进来那颤颤巍巍的身子和眼里的泪光我多少能感受到一点。

对面的女孩儿一下愣住了，眼睛里满是惊讶，再一次欲言又止，只是点了点头。“你知道吗，他身边的朋友都说和他结婚的那个女孩儿很像我。”

说完这句话，她整个人好像崩溃了一样，泣不成声。忍了很久的泪水全部涌了出来，哭了好一阵子，到最后她只是抽搐着身体用声音在哭泣而眼里却已经没有泪水可流。我感觉她好像把身体里的水分都哭了出来，整个人甚至干瘪下去，进门时那股忍着泪水的高傲早已烟消云散。

“他结婚了，我的前男友。”“你知道吗，和她结婚的那个女孩儿很像我。”虽然我们只是陌生的路人，但是当我听到这两句话时，话里那满满的悲伤和心痛还是多少刺痛了我一下。

接下来就是女孩儿一边抽泣一边诉说心里的悲痛，旁边的女孩儿抱着她努力地安慰着，后来本想安抚她的女孩儿也流下了眼泪。从她俩的话语中我多少了解到，女孩儿和前男友曾经相恋五年，到今天分手七个月。

在女孩儿的心里一直坚信他俩总有一天会重新回到彼此身边，继续两个人的生活，从没有想过男孩儿会有一天突然结婚，更伤人的是新娘和自己从外貌到性格都那么相似。女孩儿到后来一直重复着一句："他怎么就会真的忘了我呢？！"

记得曾经和朋友探讨过一个问题，当一个男人真心爱过一个女人后，那么以后心仪和喜欢的女孩儿都会多少有曾经那个女人的影子，这些影子无处不在，可能小到爱吃的食物，也可能大到整个人的性格。可很多时候，当事人都是死活不愿承认这一点，只有身边的朋友旁观者清。

人就是这么一种奇怪的动物，明明嘴上说着不爱了，心里想着要开始一段新的生活了，可是过去的习惯，曾经的记忆总是会悄悄渗入到生活的每一个细节。那些曾经以为时间终会帮你抹掉的回忆却在时光的过滤下留下了深刻的痕迹，本以为会慢慢淡忘的故事却有的刻了骨，有的铭了心。

用生命爱过的人，怎能是一句忘了便会真的忘了呢。那是曾经无数个日夜思念，陪你走过一个又一个春夏秋冬的人。

从相识到相知再到相爱，能够相爱，已经很不容易。那是两个人历经了多少个阴差阳错，多少次擦肩而过，终于鼓起勇气捅破了那层窗户纸，牵起了对方的手。从初见到相爱的那段故事，又是多么美好的回忆，两颗心忽上忽下，因为对方的一句意料之外的关心而窃喜很久，因为对方的一句无心之语暗自悲伤，因为一句小小的情话而红了脸颊，那是初见时爱情里最青涩又珍贵的画面。

从相爱到相伴又是一起走过了多少坎坷，经历了多少磨难。从相伴到最后亲人般的相依已经承载了太多太多的故事。一起走过的小路、一起看过的电影、一起吃过的美食、一起唱过的歌、一起笑过的容颜、一起流过的眼泪，这些怎能是一句忘了便可以忘了的呢。

这些年身边很多朋友都有过一脸痛苦的倾诉："我实在不想和她在一起了。"原因、理由各不相同，但就是一颗心坚定不移地想要分开，劝分不是，劝和也不是，只好任他决定。可等真的分开后，脸上又藏不住内心的后悔，总是不经意间提到"那会儿我和她……"，可是即便心里再后悔再想回到过去，为了那让人哭笑不得的自尊还是咬着牙继续不回头地向前走。

等开始了一段新的恋情后又总是一次次回忆起过去的人，而大多相处融洽的新恋人恰恰又都是和曾经的恋人有几分相似的，朋友们便会不禁问一句："既然这样为什么还要和她分开？"

三年前第一次和前女友分开半年，那时的自己也是倔得不行，身边朋友劝阻了一遍又一遍，还是非要钻牛角尖，可是等真的分开了，却又总被回忆侵袭。

打开衣柜，那些曾经喜欢的衣服一半都是她买的。翻开抽屉，又是过去满满的圣诞、生日、情人节礼物。晚上听首歌发现是她过去推荐的，习惯性地去喜欢的饭店，发现也是和她去了一次又一次的，给朋友讲个笑话甚至都会恍然发现——那是她曾经讲给我的。发短信的措辞习惯，在公交车习惯坐的位子，都是她的影子。看到的每一个觉得不错的女孩儿，想了想才发现好像都是多少照着她的模子刻出来的。

分分合合，无论分开多久，无论故事是结束还是已经更换了主角，可心永远只有一颗，里面放过的人、装过的记忆，不是说换便能换了的。

"这世上从来没有未完的故事，只有未死的心。"两个人分开，故事虽然结束，可是心却没有死，即便彼此又遇到了新的恋人，即便重新开始了一段新的故事，很多时候也只不过是找到了一个类似曾经的人，用另一种方式继续了曾经的故事。心不死，故事永远不会真的结束。

我记得那时身边朋友劝阻时有一句话一下扎进了心里："你以后所感动的每一件事，无非都是她曾经感动过你的；你以后所开心、悲伤的每一句话也无非都是她曾经对你说过的；你无非是和另一个女人重新走一遍你和她曾经走过的路，经历一遍你和她所经历过的一切。"

当你以为一切真的重新开始时，终有一天会如梦初醒，原来你只是又回到了曾经和她走过的起点。

我们曾用数年的时间去爱一个人，再用数年的时间去忘记，浓烈地爱过，撕心裂肺地痛过，然后却匆匆牵着别人的手去结婚。曾经苦心经营了那么久的爱情最后竟是为了让自己和下一个相似的她走入殿堂，想起这些怎能不让人心生惋惜和悲伤。

和哥们儿准备起身离开串吧的时候，那两个女孩儿还在对彼此诉说着。那个哭了很久的女孩儿也许是哭干了眼泪，又逐渐回到了进门时高傲的姿态。"我想给他发条短信，你觉得怎样的一条短信能刺痛他，但又不失姐的风度。"她对身旁的女孩儿说。

回去的路上，哥们儿想起刚才听到的那个女孩儿的问题，开玩笑地问了我一句："才子，你觉得应该发一条什么样的短信？"我想了想："祝贺你，最后娶到一个像我一样的女孩儿。"

有一个男孩儿，他钱包里总是放着一张双人合影，合影的女孩儿这些年换了又换，有的成熟稳重，有的清新脱俗，有的娇媚可爱……可这些变换的面孔却像是一幅幅道具一样被摆设在男孩儿的岁月里，这些面具背后总隐约有着一张烙印深刻的面容，像是在用不同的证据来证明一件事实，一件他自己想去考证却又不敢面对的事实。

这些女孩儿虽然面庞各不相同，却每一个都有双明亮的眼睛，有着一个不大好看的鼻子，笑起来眼睛眯成一条细线，歪头噘嘴摆弄的每一个姿势总是那么像一个人。有一天他无意间翻到她的照片，一脸苦笑，真的很像：一样的笑容，一样的身影，甚至一样的性格。

想要回来，对吗，可是又不敢回来，这是为什么？是因为后来你的每一个她都和她很像吗？是因为你看到后来她的每一个他都和你很像吗？

你们为什么不敢回到彼此身边？因为你们都不愿承认，后来，你总是爱上一个和他/她很像的人。

## Mr. 慢

羊乃书

如果过程挣脱不了颠沛，我们只管闯过迂回曲折，力上加力，哪怕跨越陆地海洋、季风洋流，也要去求证最终的圆满。

任何值得拥有的东西，一定是对得起等待的。

一支睫毛膏启封之后的有效期是三个月，一瓶精华液启封之后的保质期是六个月，一盒面霜启封之后的保质期是一年，一罐身体乳启封之后的保质期是两年。

一切都在限定期内，我们变得急迫而躁动，慌乱而不安。害怕来不及，害怕会错过。我们差点儿忘了，很多东西是要慢慢赏味的。狼吞虎咽，末了余下记忆里的一片狼藉，却追悔莫及。

这是慢先生的逻辑。

他就像偌大园子里单脚站立的丹顶鹤。

彼时，我们在一个部门共事，平时一点儿来往也没有。直到领导专门打电话给我，说最近一段日子多关照着慢先生，他刚失恋，工作上难免会有些分神。

慢先生岂止是工作分神。他抛下手头的工作，转天就递了长假的申请，出了趟远门，听说去了东南亚的寺庙，上了半个多月清心寡欲的禅修课。

凌晨四点起，晚上十点睡，除了寺庙提供的两顿完全不沾油水的饭以外，其余时间全在打坐冥想。一切通信工具通通失效，没人知道他的具体位置。

是他主动发来的微信让我确信，他还活在地球上。

我们约在三里屯吃比萨，地点是他定的。我刚到北京三个月，一切都不熟悉，怕我走丢，他说在地铁口等。

早料到按他的个性，一定会迟到，结果一点儿悬念也没有，寒流来袭，气温跌得很狠。我把头缩进围巾，手藏在袖管，看尽了世间百态，他才扛着一袋行李出现在面前，刚从朋友家里借宿出来。

十一月北京的气温大抵是南方冬天的极限，我们走在三里屯的街道上。

“你冷吗？”

我在萧瑟的风中哆嗦着回答：“不冷。”

“再坚持一下，我们就要到了。”

我恨得牙痒痒，横眉冷对，心中一声大笑，当真是站着说话不腰疼。

比萨店在胡同深处，外面是几家还没开始营业的酒吧，巷子两侧堆满了杂物，塑料瓶、废报纸。进去两间大屋，坐得满满当当，全是外国人。一个大炉子，里面现烤着比萨，薄底大馅儿，屋里光线昏暗，炉膛像颗正在熊熊燃烧的星球。

他一口吞拿鱼比萨，一口薯条，一口感情血泪史。

慢先生有一种特殊才能，他能让人在初次见面时，觉得他是一个健谈热情、无话不谈的人。其实他把内心守得很紧，讲出来的只是冰山一角，但听者会产生一种，那就是全部的错觉。

慢先生的前任是他的脑残粉，他在学校歌唱比赛上大放异彩，她便在台下举着海报，摇晃着荧光棒，三天两头送些小礼物，写张小卡片。慢先生觉得女孩儿挺用心，时间一长，就动了心。

但女孩儿的口碑很不好，水性杨花，朝三暮四，周遭的人很反对。可慢先生想，不着急，会好的。

一开始确是有所起色，上自习，听讲座，参加各种社团，活出了新气象。

慢先生处理公务，没法儿对她无微不至。年轻时拼尽全力打基础，未来有大把大把时间可供卿卿我我，何必急一时。

女孩儿比他小几岁，还处于要人疼、要人哄的阶段。慢先生苦口婆心对她进行心理建设，大道理讲了二十辆卡车。早期还有点儿效用，可挨过了头一年，怨气还是没压得住，慢慢出来了。

积压的牢骚如同架子上越堆越多的书，起初觉得无关紧要，不过是随手放放，有空会整理收拾，结果迟迟没打理，超过限度就摇摇欲坠，最后轰然倒塌。

她觉得慢先生对她不上心，动辄就搬出那套“来日方长”的理论，缺少嘘寒问暖、温言软语，总让她什么事情都自己面对，口口声声说着，要先各自成为能独当一面的人，才能为两个人扫清前路的阻碍，实际上是在逃避恋爱中男朋友应尽的义务和责任。

而且，慢先生总有层自我保护的薄膜，外在和内心都是，这让她觉得两个人并非是亲密无间、水乳交融。她把不准他的脉动，因此随时都有种会错失所爱的危机感。

慢先生的邮箱里收到了一张匿名照片，手机拍摄的，像素并不清晰，但他仍不费吹灰之力便辨认出，那对赤身裸体的男女，其中一人正是他的女友。

那时他们同居，他走到客厅，女孩儿正若无其事地躺在沙发上吃薯片看泡沫剧：“结束吧。”

女孩儿一声没吭，隔天就打包好行李搬到那个男生家里去了。

而他们刚在一起的时候，她也是从另一个男生家里搬来的。

新男友跟他最大的不同大概是，他是她此刻最想要的，又能挡风遮雨，又能鞍前马后端茶送水的勇士兼用人。

原本想创造一个神话，最后闹了一个笑话。

香烟酒精总是失恋的人儿忠心耿耿的陪伴，但慢先生憎恨尼古丁，且对酒精过敏，一喝满身长红疹子，心烦意乱，就拉我出去压马路。

大冬天遛弯儿可真不是闹着玩儿的，室外待上半小时，保证五官手脚没知觉。但寒风醒脑，尤其适合慢先生。

遛到学校附近的时候，慢先生突然定在原地，我回头瞅了一眼。

他双唇紧闭，眼里射出怒火，迎面走来一男一女。男的冲上来就抡了慢先生右脸一拳，我看蒙了，还没想清楚到底怎么回事，两人就厮打在了一起。

两头发狂的野兽，只攻击，不闪躲，毫无章法，从一棵树，猛地扭打到另一棵，撞得每一根残留的树枝都不自持地颤抖着。身上穿得多，受不上力，于是拳拳都竭尽全力地打在对方脸上。微弱的气浪掀起地面的烟土，嘴里哈出白茫茫的热气，因为粗重的喘息，而格外显眼。

我端详着紧贴人行道围墙站立的女孩儿，即使他从未给我看过她的照片，但完全不需要启动大脑思考，就能斩钉截铁地拍胸脯保证，是她。

仿佛是两个相邻却气氛迥异的世界，一边是硬碰硬的干仗，尖锐的宣泄；另一边，则是隔着空气，静默地对视。

她的目光很平静，不惊不诧，没有我预想中，哪怕是一丁点儿的愧疚自责。而我以为，自己会愤怒，会从道德正义的立场出发，把她谴责得体无完肤，可心底渗出来的却是同情、怜悯。

终究还是小女孩儿，心性不定，对新鲜感的渴求，让她并不觉得，在不同男人的家之间辗转有任何不妥。她反倒觉得自己拥有最高尚的自由意志，谁也管不了。反正有人喜欢着自己，每根汗毛尖儿都竖着刁蛮和骄纵。

人一旦能说服自己，就会凌驾于一切外在审判标准之上。

两个人扭打得不分你我，力气用尽了，就各自退后，眼神恶狠狠地看向对方，用衣袖揩揩脸，谁也不再上前，但也不先离开。岁数加起来都年过半百，还像两个莽撞的小毛孩儿，靠打架来解气。

夜深，我们坐在马路牙子上，他痛饮了几口凉得带冰碴儿的空气，一脸疲累转向我，虚弱地问："大家是什么时候开始，再也没有耐心等待的？"

慢先生慨叹，女孩儿太傻，他为什么会舍弃那些简单易做的事不为，反倒去投入工作。后者才是能为两个人提供更好生活的源泉啊，而前者，不是应该相互体谅才对吗。爱，一定要表现得那样直白肤浅，才算爱吗？

好比逛淘宝，女孩儿要现货，立即付款，下午发顺丰。慢先生说："我这个是高端定制，你得先付定金，等厂商把面料发过来，款式打版，样衣做出来还得调，扣子颜色不对，领口开得太大，裙摆弄得太蓬，裁、缝、烫都是手工，慢工出细活儿……"

他懂自己，但不懂女孩儿，等不及成熟，等不及结果，即使半生不熟，也要握着那短暂的虚妄，在铺天盖地的寂寞里，活出安全感的幻象。

但慢先生也遇到过，让他觉得慢的人。

他的前前任是法国人，热爱自由，居无定所，两年换一份工作，一如蒲公英，满世界飘，哪儿都能落脚。她常谈及巴黎蒙马特高地，那些无人赏识的艺术家们，聚集在街头小咖啡馆聊天。她经过他们身旁，听到那些无拘无束的妙想，天马行空的创意，便下定决心，生活不应被设置任何僵化的界限。

他等了她两年，但姑娘心怀天下，死性不改，结婚这件事根本进入不了她的规划。慢先生也不得不败下阵来，和平提出分手。

他是家里唯一的儿子，父母催着找个靠谱儿的对象，按部就班地结婚生子，要是年纪太大，两老就没法儿带孙子了。

慢先生很孝顺，但自从念中学开始，就离家很远，十好几年没在父母身边守着。某天猛然惊觉，他们像长势一年不济一年的作物，正在逐渐萎靡衰弱下去，便觉得自己这些年，在儿子的角色上，失了职。

上了中年的父母，攀比心正盛，比他们年龄小的亲戚，女儿嫁了人，生意做得红火，还刚怀上一个男孩儿。一家人拿着医院检查的结果，欢声笑语，句句传到慢先生父母的耳里，都是要命的讽刺，根根细针，不留情地扎在他们好面子的自尊心上。

慢先生虽不至于把结婚看得那么急迫，但好歹对方得是颗有安定打算的心。本着前一个的教训，前任碰巧跟他来自同一个城市，这还曾让他暗自庆幸，如果在北京待不下去，还有双双把家还的退路。

生活怎会轻易遂人愿，一个问题按下去，就会有另一个问题冒起来。

花开两朵，各表一枝。

慢先生毕业以后，一直在换工作，想要找到一份真正想要做，愿意把毕生精力投入其中的事。他认为，这必须建立在丰富的尝试和体验之上。这种慢，是整体步调上的，是走进森林，凝视一朵长在树干上的层孔菌蘑菇，轻触水面上漂流着一片落叶，选一个可以落座的地方，等天上的弯月和繁星。

慢不等于不忙，他前前后后换了四五份工作，每一份都倾注了大量心血。除去正常的上班时间，有的来回路程加起来得四个小时，有的节假日加班是家常便饭，连加班费也见不到一毛。但他自我安慰不要紧，吃苦受累是必经之路。在面对每一份工作时，他都很认真地询问自己的内心，这是不是自己可以托付终身的职业。

一旦涉及喜欢和爱，问题就同时变得简单且复杂。好像有那么点喜欢，但转念一想，也没那么喜欢。不喜欢吗？也不是，如果做下去也不是不可以接受。爱太难，经不起推敲。

就在犹豫徘徊间，慢先生一晃，晃到了二十八岁。

没有一以贯之的方向，东滚一个雪球，西滚一个雪球，始终滚不出一个像样的大雪球。

那几年，身边的不少朋友同时发迹，赚得盆满钵满，开好车，住大房子，请顶尖设计师设计软装，家具通通从国外定制，每年随随便便就能出国度几趟假。工作没耽搁，享乐也不落下。再早几年，这种做派也大有人在，但多数是吃父母的老本，慢先生并不以为意，花父母的用父母的，没什么好炫耀。

现在不同了，几年光景过去，这都是人家一犁一锄自己打下来的江山，他突然对金钱和物质充满了无限的渴望。

像一夜之间中了邪，此后每次见面，他都在我耳边念叨着，赚钱，怎么更快地赚钱，怎么更多地赚钱。

他突然意识到，自己好像成了教室里最后交卷的差生，孤单地坐在墙角，没有时间可以挥霍。

过去的慢先生一下子不见了，男权社会里无所不在的隐秘竞争发动了他的引擎。连续三个月，他没有一天在凌晨两点之前躺下，醒得比日出还早，眼眶下面一直青着。

但越忙，越迷失自我，“忙”字构造得实在很巧妙，左边心，右边亡，太忙了，心就会死。

慢火焖煮的鸡汤和快火急烹的水一喝就见分晓，慢火是说水最好不沸腾，这样鸡肉里的营养物质才会溢出来，在密闭的空气里，慢慢酝酿成馥郁浓香。

在他最谷底的状态，偶尔还能见他发一两条正能量的鸡血微博。不知情的人在下面留言点赞，而我看到的是，他隐藏在这种悲怆的自我鼓励之后，最彻底的无助和最由衷的失望。

我们长长地聊了两次，我像抢救稀有文物一般，想要不计一切地保存下，他身上令我着迷的发光点。

丹顶鹤单脚站立，是为了生存，比起其他物种，他们更加弱小，而瘦如柴的双脚，难以长时间承受身体的重量。于是，它交替双脚，以逸待劳，始终站立，敌人来了，可以立即放下，迅速起飞。

慢，是种姿态，但不论从哪个角度看，都必须要往一个终点使劲儿。

他终于想清楚了路子，打算创业。说起来轻巧，初期就意味着没有固定组织可依靠，收入有一搭没一搭。

人不只喜欢做一件事，但选定一件去做，不要回头，管他前方是康庄大道还是死路一条，都善莫大焉。

还是不变的苦和累，甚至更苦更累，但向着黑暗的地方探进，后面可能是更大的光明。成功何尝不是要慢慢熬，想通了就好。知道自己在变好，相信明天肯定比今天好，知道坚持的意义，知道 no pains，no gains。

慢先生又谈恋爱了，跨国恋。

如果一段感情有从 EASY 到 HARD 的无数等级，他无疑是选择了 HARD 模式，注定要承受比别人更多的考验。

异国恋很难吧。

是很难，传达同样的情绪与感受，比别的情侣要花费更多的时间与精力。

即使借由文字、语音或视频，还是会有许多微小的讯息无法精准地传递，有许多片刻无法在第一瞬间与对方分享。快乐、兴奋、忧伤、崩溃，都因为距离与时间，比别的情侣慢半拍知晓。不止如此，信息的延迟还可能滋生更多的误会、不安与忐忑。

但慢先生在知晓以上种种之后，仍旧义无反顾地选择了，原因无外乎，爱。

问题层出不穷，但它们都不会成为障碍，时间、距离、国籍，无一例外。

仅凭这一点，我就知道，从前的他又回来了，跌跌撞撞，关卡重重，总算是迈过去了。

慢先生回忆，他们从未讲过要正式在一起的话，这种感觉的获得，全靠彼此情感的确认与呼应。但这样坎坷地试探与领悟，过程里所需要的耐心、恒心和勇气，不是每一个人都愿意给。

我欣然，这是他的风格。

而更令我开心的是，在千万人里，慢先生终于遇到一个跟他一样不急不慌的姑娘，追山逐海，横渡世间洪荒，等待吉日良辰，同登彼岸的那一天。

初一，看米兰昆德拉的《慢》，不厚的一本小书，只花了一个午后。那时，我无法自圆其说，为什么有人专门写慢，还有人愿意付印出版。

在那时的我看来，慢实在是没什么了不起的，只有快才会被表扬。作业写得快可以提早放学回家，跑步跑得快可以拿运动会第一名，就连语文老师也会特意训练我们，在最短的时间里把一篇课文念完。

“慢慢来”，没错，身边总有人这么说，但没有人真的敢慢慢来。

还记得阿奔吗？那个跟我分享旅途故事的男人。

他说，在印度的时候，有个少年告诉他，自然的变化皆缓慢。日升月落，花开花谢，万物成熟，都慢得很。而急骤发生的多是灾难，火山喷发，飓风暴雨。身体是慢的，一个人长大也是慢的。

那些走过的弯路，教会我们，慢的可贵。

又想起在三里屯的簌簌寒风中，慢先生说的那句："我们就要到了。"短短六个字，似乎有无与伦比的魔力，让一路的辛苦都值得。

如果过程挣脱不了颠沛，我们只管闯过迂回曲折，力上加力，哪怕跨越陆地海洋、季风洋流，也要去求证最终的圆满。

任何值得拥有的东西，一定是对得起等待的。

# 红旗下的蛋

李耳

我和狗剩曾经幻想，骑着史上最摇滚的单车，去北京看毛主席。

1

我少不更事的时候，常常和狗剩去旁边乡镇的地里偷水果。狗剩是这方面的能手。他知道哪家地里没人守夜、哪家的西瓜熟得透、哪家的主人腿脚不便、哪家的狗刚被狗贩子钉在了铁笼子里（狗剩提供的情报）还没来得及换新物管；以至于镇上侦查能力强点的就数狗剩了，这为我们以后的工作带来了极大的便利。

我们的目标明确，夏天西瓜，冬天甘蔗。拿着镰刀，趁着夜色，悄悄潜伏在瓜田附近，等人和狗都睡了，就开始行动。一人拿蛇皮袋，一人采摘，每割下一个西瓜，两人就相视一笑，在夜色的映衬下，相当猥琐。

作案完毕，我背起西瓜，狗剩迅速撅起身子，如同公鸡中的战斗机，表情严肃，如临大敌，在前面挥舞着镰刀掩护我撤退。

到了安全地点，我们就开个西瓜分了吃，吃完用瓜皮洗脸，再点上一支红塔山，长吸一口，唱着第二天升旗仪式上要放的歌曲，唱着唱着不禁情绪激昂，遂大喊“偷西瓜”。所有的瓜农就会从梦中惊醒叫醒周围的小伙伴，拿着家伙冲出来，没种瓜的邻居半梦半醒之间极不情愿的抽出腰间的皮带跟在瓜农后面向偷瓜贼追来——我们早就撤出了战斗区域，一溜烟儿跑了。

2

我们把弄来的西瓜给晚饭还没着落的室友填饱肚子，颇有些劫富济贫的感觉。看着这群边吃边喊甜的饿死鬼，狗剩不无感慨地说：“我觉得我是一个高尚的人，但尚未脱离低级趣味。等哪天我脱离了，成了一个完整的人，我的画像将屹立在某个助长野合之风的公园或者跳老年舞的广场上，永垂不朽。”

“瞧你这点出息！理想和现实是有一定差距的，你要二，就只能做到一，比如你努努力，想让自己的画像贴在村头卫生院的‘治不孕，找 × ×’的墙上，也不是不可以。”

“你大爷！这是祖上留下来的宝贵小市民意识没有被资本主义的魔爪剥干净，我的心中永远都有一片尚未被开垦的处女地。”

“上炕吧，你媳妇调到了中央一台，等着你回去搂着她看《乡村爱情》呢！”第二天升旗仪式，大家盯着光秃秃的旗杆听完了一首悲壮的歌曲之后，校长用他刚拿油条的手，抹了抹了自己稀疏的头发，清了清嗓子，声色俱厉地说：“某些人自觉点，自己做了什么自己知道，我们已经掌握了部分线索，现在自首还来得及……”

我和狗剩相视一笑。“昨晚有瓜农反映，他们田里的瓜被偷了，还有一辆凤凰牌的自行车。目前受害者已报案，我们正配合有关部门（乡镇派出所）缉拿罪犯。”

3

那辆车性能挺好。我们一口气儿蹬了三公里，车轱辘一直都没有发出“咔咔咔”的声音——狗剩觉得如果车轱辘发出“咔咔”的声音就是离报废不远了，就像导演说“咔”你就得停，车轮说“咔”你就得直接骑到废品回收站。我觉得狗剩说得挺对，于是把家里发出“咔”声的自行车送到废品回收站，换来的钱买了一罐红漆，给我们这辆凤凰漆上——连钢圈都漆上了——通体火红，凤凰涅槃。骑上去像踩着两个风火轮。

为了掩人耳目，我们把车铃铛和车篮卸了，让狗剩的姐姐画了一面五星红旗插在左边车把上。后座用一块海绵包裹，海绵两边有两只垂下来的耳朵，用狗剩家床头柜里的两片卫生巾装饰而成。我们在两边分别画了一个圆圈和一根柱状物。

这是当时我们学校乃至整个小镇最摇滚的交通工具，我们骑着它招摇过市。五星红旗随风飘扬，狗剩的歌声多么嘹亮。我们骑过紫堇，骑过木棉，骑过时隐时现的悲喜和无常……

4

路上遇到同学打招呼，示意我们停车。那哥们儿家挺有钱，家里是种瓜大户，他爸有一辆“时风”，西瓜成熟的时候，他爸就开着“时风”带着他去大城市卖瓜。卖完瓜就回来给家里盖房子，现在他家的房产已经足以让他在镇上钦点任何一个姑娘,而不用上门去提亲。当然，他那时还小，不知道这些。

“哥们儿，我是二班的，能把你们的车借我兜一圈不？”他掏出一盒“黄鹤楼”，递上两支给我们点上。

我们相视一笑，让他把车推到学校操场，在我们的指引下，“黄鹤楼”小心翼翼地跨上“凤凰”，骑到班花面前，招手让班花坐上去，傲娇的班花没有拒绝他的请求，两人围着操场骑了五公里路。直到把班花骑饿了，要他去小卖部买面包吃。那哥们儿给我们也买了两罐汽水，我们决定再让他骑五公里。

“这车太牛了，什么牌子的？”

“凤凰的。”

“和我们家以前的一个牌子，那辆车也真好骑，不知道被哪个小偷偷了。”他愤怒地望着远方，“别等老子知道是谁，不然废了他。”我们打着汽嗝儿，应和他：“对，弄他……”

5

后来东窗事发。某天教务处的人员来查寝，吃完了西瓜乱吐西瓜子儿。狗剩看不下去（当天他值日），跟他呛了几句，他回去就直接找领导打了小报告，顺藤摸瓜，顺瓜摸车，把我们干的事儿都摸得门儿清了，然后对照《中学生守则》下面的手写（附加）部分给我们定了性：罪大恶极，开除学籍。

狗剩不满意这个处理意见，反驳说：“你也吃过我送你的瓜，军功章上有我的一半也有你的一半。”“谁知道你的西瓜是偷的，简直是给我们学校抹黑，一颗老鼠屎坏一锅粥。”

我在旁边小声纠正：“是两颗。”狗剩不依不饶：“你他妈吃之前怎么不问西瓜是哪儿的。”

说完这句话，我就知道我们再也见不到学校的升旗仪式，也不能给国旗行注目礼了，不禁悲从中来，不可断绝。

6

我和狗剩曾经幻想，骑着史上最摇滚的单车，去北京看毛主席。如果路上的人们问我：“你腚下那两瓣分别画着的一个圆圈和一根柱状物是什么？”

我们就告诉他：“这是甘蔗和西瓜。”

如果路上有人拦住我们的车，深沉地问：“你臀部下面那两瓣分别画着的一个圆圈和一根柱状物象征着什么？”我就点燃一支烟，幽幽地看着他，深沉地说：“这是甘蔗和西瓜。”

# 苏州河里的尹天仇

长尾基督

“我知道，有一天，时间会在它的码头边搁浅。”

楔子一：

尹天仇对着大海喊努力奋斗，然后在街坊福利社呆坐一下午。其实他有个梦想：死跑龙套的想主演《雷雨》。

楔子二：

马达花了很久找到牡丹，对于他来说，生命的意义已经变成了寻找牡丹这种行为，一旦找到，意义也就没了。

从拥挤难闻的卧铺车厢里走出来的时候，我大口呼吸了一下南方略显湿润的空气。回来的时候赶上降温，有点儿凉，但不觉冷。穿过嘈杂且拥挤的人群，我背着包站在肯德基边上的柱子那里等待二秃的到来。一切都是老样子，当然，我指的是那种感觉。混乱的交通，永远难打的出租，漫天要价的黑车跟摩的。很讨厌，却很亲切。这就是那座城。

回去的公交车上二秃不停地在跟我介绍这是哪里，他的房子在什么位置。我跟他说："在天津我是外地人，现在回来我还是外地人。"有些地方我连名字都不记得了，也就两三年，可是我却像老了二十多岁。身体有点儿疲劳，心情无比放松。

很多时候，当我们对现实产生疑问或者失望时，我们会本能地去从记忆中寻找另一种状态以求自我慰藉。其实人生大多数时候，都处在一种自我怀疑跟自我否定的状态。这种感觉很矛盾，让人处于一种夹缝中，愚蠢地左冲右突，却充满无力的罪恶感。因为觉得这是浪费生命，可是不浪费生命我们连生命都会失去。

我们是祥林嫂，命运就是那匹狼，最终无力瘫坐在地上的时候我们别无选择，只能大喊一声"儿子哎"，以求一种心理上的救赎。超的婚礼排场很大，该回来的哥们儿基本上都回来了，发自内心的高兴。我说："你们几个结婚，我都会回来，一个一个地看你们开始新的生活，我会觉得自己的人生也开始变得完美。不用担心我，该结婚的时候我肯定会做好一切准备，你们谁都跑不掉。"婚礼当晚，我忽然一改回去后就开始豪饮的状态，一口酒都没喝。我努力想在这个时刻保持一个清醒的状态，感受一下现场的气氛。在周围火热的劝酒声中，我发现自己像个多余的另类，或者根本就是透明的。

每个女孩儿都有对婚礼的向往，对于大多数的我们来说，婚姻应该是一辈子一次的事情，应该值得好好去操办，以此证明中国人买房、结婚、生小孩儿，这三件大事中排行第二的事情和神圣的重要意义。然后骨子里犯贱，不合时宜地发觉这其实很悲哀。

再昂贵的婚礼，能给婚姻多久的保质期，我们追求的是爱情，还是物质。

我们都懂现在老人跌倒了不能去扶；我们都知道能贪的小便宜一定不要错过；我们都明白挣钱与攀比是最重要的事情。所以我们也都应该明白，无所谓婚姻的质量，只求婚礼的质量，很多人会说你吃不到葡萄嘛，当然会说葡萄是酸的。可是就算有时候真的能吃到葡萄，葡萄依然有可能是酸的。就好比我们总是一厢情愿地去赞美凤凰的涅槃，却从没想过，如果真有凤凰并且它真的会涅槃而且能清楚表达自己的意思，我们会发现凤凰的心声很可能是如果可以老子真的不想涅槃，这么痛苦还永无止境。

我跟瞎君他们说：“若果有时间陪我回安大看一看吧！好几年没去

了，挺想的。”结果最终也没成行，我发现没有太多勇气回去。四年前毕业，我给我的灵魂丢在了那个地方，一直未曾出来过，毕业后就是灵魂出窍的状态。很努力地想元神归一，可惜发现力不从心。

我努力地想让自己一直停留在学生阶段，这是个逃避现实的鸵鸟心态。我发现就算我快三十了，也依然不是传统意义上的社会人。其实有两个我，我隔着大学的门，看着另一个自己在里面笑得很开心。生活对我来说一直都未曾顺利过，其实有机会，我只是不愿妥协。

在生活不如意的时候，我们会想要寻找各种寄托来缓解现实带给自己的冲击与痛苦：一个人、一段感情、一件事情、一种爱好、一些信仰。当我发现我除了上班之外将大部分业余时间浪费在游戏上时，我就知道生活已经离我远去，我仅仅是在活着。缺乏追求与目标，所以失去一切可能充满激情的动力，这是个问题。

1

马达会带着摄像机沿着苏州河穿越上海，拍摄整座城市。记录下他所看见的一切，因为人会说谎，机器不会。一切善恶美丑都在镜头里表现得淋漓尽致。横向对比一下，我连塘沽都不曾穿越过，我每天穿越的，仅仅是内心里那些见不得阳光的犄角旮旯。有人问：“如果我离开，会有回忆吗？”我说：“有啊。”有故事、有经历，哪怕海水再脏，垃圾再多，空气再浑浊，也都会成为我生命中的一部分，沉淀在这座城市里。

无数的人来到这里，无数的人选择最终离去。马达是悲剧的，因为他将生命里的一大段时间都花在寻找牡丹上面；马达也是快乐的，因为他能够将生命里的一大段时间都花在寻找牡丹上面。马达是不幸的，因为当他终于找到牡丹后，却和她双双殒命；马达也是幸运的，因为他能够跟牡丹一起离开这个世界。

在生命的最后一部分里，马达活着的意义只有寻找，直到寻找到自己想要寻找的人之后，那对于他来说，生命也就失去了意义。很多时候我们其实都是过程的一部分，因为结局都一样。美美不是牡丹，哪怕长得一模一样。活得明白的人往往都比较痛苦，很重要的原因之一就是明白什么是替代品，什么才是自己想要的。但真正可悲的是，这个世界里，替代品永远多过原版。“我知道，有一天，时间会在它的码头边搁浅。”（《苏州河》）

2

尹天仇对着大海喊着努力、奋斗。然后回到街坊福利社，看小孩子玩耍，看大爷抽烟，枯坐一下午。想尽办法让人来看他排的《雷雨》，想尽办法找霞姨要通告时间，去跑一个龙套，只是为了一个便当。可这样一个自认为怀才不遇却又无比善良的本分小人物，却一直保留着自己身上最基本的尊严，看起来可笑，却无比伟大。

人人都有大明星的梦，可是大多数时候，这个残酷且现实的世界会让你的梦变成屁，悄无声息地被放出去。因为很多时候，我们的台词真的就只有三句。可很多时候，就算只有三句台词，我们也会说错。但生活不是拍电影，没有导演喊“卡”，给你 NG 再来的机会。

我也想将自己的人物性格设计得调皮一点儿，但如果死来死去都死不掉，真的会被人给代替。边缘人物生活在社会底层，抬头看见的，是无数双踩在自己头顶上的别人的脚。星爷已经老了，当他真的成了喜剧之王，就再也拍不出《喜剧之王》的电影来了。

真正经典的东西，全都来源于生活。百分之九十的人都是跑龙套的命，看不清样子，甚至不露脸。但我们依然需要像尹天仇那样，每天做着自己不喜欢的工作，闲暇时看斯坦尼斯拉夫斯基的《演员的自我修养》。演员不演员不重要，但自我修养真的很需要。这是一部喜剧片，但每次都看得我无比心酸。“你一定会成为一个很出色的死跑龙套的。”（《喜剧之王》）

在机场候机时用手机上网，看到二秃签名改成：都走了，心里空空的。忽然鼻子就一酸。年纪大了,恐高症愈发明显起来。但饶是如此，我也努力的想在飞机起飞时看清云下的城市，一条条的道路像丑陋的蜘蛛网，将我们的人生切割得体无完肤，支离破碎。又忽然想起很多年前那个夜晚,在车站送光辉去部队,哭得稀里哗啦。无所谓身在何处，只是我们的感情被承载太多，已经无处安放。所以信仰转变成回忆跟思念。如果可以，我真的想走一次回头路。如果理想真的照不进现实，那就努力让现实变得理想一些。下个月我们二秃婚礼上再见，再下一次，我回去了就不再回来。

# 西天好遥远，路好长

黄阿狗

生命本是一场戏，我不怪你。

西班牙死后不久，我们又窝在床上抽烟。付强突然开口说："要是我喜欢一个女孩子，她也喜欢我，而我们又不能在一起，那我情愿去死。"

我说："我也是。"

听到西班牙死讯的具体时间我忘记了。只记得是个灰蒙蒙的寒冷的上午，当时我正躺在车底下替李胖子的翻斗车换后桥螺丝，付强拖着我的脚将我拽了出来，他对我说："西班牙今天早上死了！就在他女朋友家附近的河边上。"

"西班牙"是梁华的外号。他有颗犬齿外暴。某次无聊的时候在我们这帮混蛋的怂恿下，他活生生用锉刀将自己那颗牙齿打磨得尖锐锋利。

然后，我们就给他起了个外号叫“西班牙”。他年纪比我大一岁，但是因为来修理厂比我晚半年，所以只能是我师弟。我另外两个师弟是付强和戴勇刚，我们四个人年龄当时加起来还没有七十岁。在师傅的带领下生龙活虎，上蹿下跳，偷鸡摸狗，是整个修理厂学徒界的青年“偶像”。

付强和西班牙家是农村的，两人都来自同一个县，毕业于同一所技校、同一个班，付强反应更快人也更刁钻，西班牙更厚道更慢一些。两人干活儿都很卖力，他们每个星期回家一次。平时，就住在修理厂大门边的一排宿舍里。

那是看到女字旁的汉字都会勃起的年代，荷尔蒙过剩得浑身发痒；那也是个简单的年代，在没有活儿干的时候，我们就一排躺在宿舍的床上边抽烟边说着未来。

我们是国企，收入稳定，干两年出师后还可以分工时费……闲杂琐事有工会主席替我们操心，吃喝拉撒有厂长负责，打架惹祸有师傅扛着……越想越觉得通往未来的是一条光明大道，我们在上面打滚撒欢儿。

想完了光明大道后，我们就开始聊肉体。当时我、付强、戴勇刚都还是童男子，用付强的话说每次打飞机喷出来的子孙都是论两，每月攒起来都上斤，这沉甸甸的青春压得我们两肋生疼。所以我们就一个劲儿地问西班牙，因为当时只有他开过荤。

西班牙当时有个女朋友，是他初中同学。俩人谈了两年了，每周他回去都要找那女孩儿，一起在小县城百米长的购物街上逛逛，然后再借着同学的钥匙，蹿到某个宿舍里心急火燎地睡几个小时，然后再各自回家。那女孩儿当时念高二，她家死活不同意两人来往，经常盯着女孩儿不让出门。不过这一切都如同虚设，挡不住两个人绞尽脑汁想办法在一起。

每当问起西班牙他俩欢愉细节的时候，我们总是两眼冒光，而他推脱来推脱去，腼腆地啥都不说。偶尔吸着烟向我们吐露他设计的美好前景：女孩儿高中毕业肯定考不上大学的，到时候来我们这儿租个房子两人住着，再找个地方打工。他也在厂里干活儿，那时候也出师了。又是正式工，还怕什么吗？

再过两年修理厂分个筒子楼，两人就结婚，那样他就有家了，每天回去吃热饭菜，多好啊……当时的一切其实在我脑海里都已经模糊了，只记得满宿舍的烟雾，他的两眼闪闪发亮，充满幸福的光。

这一切幸福与美好都只定格在他的脑海。没过多久，他就死了。女孩儿家死活不同意他俩在一起，那女孩儿顶不住压力跟他分手了，他在女孩儿的楼下转来转去一晚上，叫着她的名字而她死活没出现。

最后，他走到附近的河边，抱着个炸药自己点燃了。

当付强告诉我的时候，我被这一切惨烈给吓呆了。我没想到老实沉默的他会做出这么轰轰烈烈的事情，这根本不像他的性格。我点了根烟坐在井边上，跟付强半天都没说话。那一年我十七岁，是我在修理厂的最后一年。几个月后，我也调走离开。然后，再也没回过那地方。

其实这件事跟这张CD没有半点儿关系，只不过中午我在听着MP3的时候接了一个电话，是老家修理厂的韩师傅打来的。

他跑到我父母那找到了我的号码。他兴奋地喊着："小眼镜！我是老韩！"然后对我说在征集当年厂里的人签名要上访告状，因为修理厂卖掉了。没有分钱给大家，也没有给这些老工人买社保。我害羞地说："我当年走的时候把档案已经调走，我根本不算那里的人，也没有资格签名了。"寒暄了两句后我挂了电话。耳机里朱芳琼旁若无人凄厉惨烈地唱道："生命本是一场戏，你怪不得我……"急密的手鼓和吉他扫弦轰击着我的耳朵，像悲悯的黑色火焰在翻滚跳跃，就这么赤条条坦荡荡站在悬崖边，狂风凛冽，这世界没有什么是大不了的！没有什么是最重要的！老子不在乎！命运你个杂种你放马过来呀！

生命本是一场戏，我不怪你。

# 六 十 岁 的 单 车

冒牌上帝

没有一滴水是属于长江的，它们最终会流向大海。也没有一滴水是大海的，因为它们总会蒸发掉，变为云层。也没有一滴水是云层的，因为它们总会变成雨，降落地面。没有一秒钟是我们自己的，因为我们根本留不住它。

十月的一天，秋高气爽，我和大B去矿里收尾款。那天上午实在是太秋高气爽了，我一上车就想睡觉。于是我对大B说："你来开，我睡会儿。"于是我靠在副驾驶上睡了过去，差不多十一点的时候，肚子有点儿饿。我从座位上醒来，发现车正在河里行驶，手机收到一条短信：湖北欢迎你。我说："大B，我们在哪儿？""渡船上呢。""怎么去矿里还要过渡？""不过渡？我沿着路一直开过来的啊。前面没路了，就只有这个渡口。"

"就是说，你在塔市驿没有右转了？"

“不是沿着路一直走？”

“这是哪条河？”

“长江。”

我说：“大B，我晕了！我们是湖南，长江以南，过了河就到湖北了。”

我有的时候真不待见大B，这货除了好吃懒做以外，一无是处。但是我不同，我除了好吃懒做，脑子还是比较清醒的。上次我在宿舍里玩AWP，我从瞄准镜里望着大门口的哨岗。里面的警卫在放大三倍的时候，全身只有两个刻度高，这说明岗哨离我大约有一百二十米远。这个时候我看见大B穿着蓝色的工作服从偏门进来。

他从来不敢从正门走，成天像做贼一样。我看见他叼着一根烟，在我的瞄准镜里从两个刻度高变成两个半刻度高。为了看清他抽的什么烟，我把倍数放大成十五倍，于是他的头部占满了整个瞄镜的画面，我甚至能看到他额头上的“痔疮”（也就是他的青春痘）。这个时候我很清楚地看见他叼着一根蓝屁股“芙蓉王”，这就是我昨天不见的那包。我敢肯定，因为他从来买不起这么贵的烟，也没人给他这么贵的烟抽，他这种人品，我会猜错？

我这包前天从我舅舅抽屉里顺来的极品“芙蓉王”，此刻正在大B鼓囊的上衣口袋里。我看见他路过花园，路过篮球场，沿着小路一直走来，径直走到一个灰色的垃圾桶边，这说明，他离我宿舍只有十米了。

我抬手就是一枪。

他捂着大腿骂娘。他说：“冒一冒老子 × 你妈。你给老子开门。”

我说：“站住别动，这下我一定打中大腿中间。老子要废了你。”

十月的那一天我们坐渡船到了湖北境内。江边上是一处长江边很常见的那种小镇，水产很丰富。

我们找了个店吃鱼杂火锅，趁着老板娘去准备饭菜，大B坐在店子里和老板娘不足五岁的儿子抢电视看，我坐在店门口抽烟、晒太阳，望着眼前滚滚的长江水，仿佛浪淘尽一般感慨，想着我们这一代的浪，什么时候拍死在潮湿的沙滩上。这个时候一个老者骑着一辆单车来到店门口，他说：“老板，有饭吗？”

我说：“有，在里面忙着呢。”

老板娘闻声赶来。老者把车停在店门口，我看清了是辆27速的“捷安特”，白黑相间的纹路，宽厚的轮胎布满摩擦后的伤痕，车身尽是尘土，后货架上绑了个很大的旅行包，一看就是跑了几千公里的车。

我说：“老师傅，从哪来啊？”

他说：“江西来的。跑了趟西藏，这下返程了，来湖北转一圈就回去，出来三个月了。”

西藏？我想起我的那部21速的“勇士”。那一年我雄心勃勃地辞职，花了一个月的工资买了那辆“勇士”。

自从汶川地震以后，我想，我得先跑起来，说不好遇到天灾什么的，躺在床上就命丧黄泉了。死在街上总比死在床上要好。

但是因为很多原因，那次骑行并未成功。那辆21速的“勇士”一直停在我的储物室里。前天我还骑着它环城一周，想象着已经到了大西北、大西藏。我也幻想着轮胎碾过三千里路，云和月，满身尘土的沧桑。

我说：“我也有辆21速的，远没有你的这个好。”

“小伙子，自行车也是看人来的。”老者说，“你对它好，它也对你好。

经常给它上点油，骑久了擦一擦尘土，在路上绝对不和你闹脾气。”“您今年高寿啊？”

“六十二了。”

他伸出两根手指头，我觉得那是个胜利的姿势。至少对于我来说，是一种胜利。他接着说："出来的时候，我也犹豫过，这么大年纪了，怕在路上出点意外。但是转念一想，你知道吗？这是我最后的机会了。再不出来，我恐怕真的要老死在床上。

“出来的时候，我儿子坚决反对，我说，你别管你老子的事。老子自从你成年以来，从不过问你的事。现如今你也别管老子。于是我就出来了。进西藏的时候还真有点儿不适应。

“你也知道，西藏那地方地势高，全是爬坡，刚进去那会有点儿高原反应，喘不过气来。我就骑一段、走一段，骑一段、走一段。慢慢磨呗，哪有走不完的路啊！”

我说："老师傅，和您比，我是个失败者。我想着骑一段引以为傲的路程，但是一直没有踏出这一步。”他说："你还年轻，你还怕什么。我骑完这次，歇一歇，明年去华南骑一圈，就不出来了。走遍了大江南北，我也心满意足了。”

说话间，他的菜上了。他端起碗，要了一杯茶水，吃饭的速度很快。不一会儿工夫，就吃完了。

他整理了一下旅行包，重新绑紧了一些，然后朝我挥了挥手，骑上车继续往前奔去。我望着他身后的长江水，浩浩荡荡往东流去。就像时间一样，我想，就像时间一样流逝。没有一滴水是属于长江的，它们最终会流向大海。也没有一滴水是大海的，因为它们总会蒸发掉，变为云层。也没有一滴水是云层的，因为它们总会变成雨，降落地面。没有一秒钟是我们自己的，因为我们根本留不住它。

# 泉 眼

nous

那时的我虽然无知，但我记得我露出了笑，淡淡的笑。

小时候，我就有一个习惯，若在山中或田野里发现一条小溪，就一定要顺着它找到它的泉眼。那通常是些并不起眼儿的泉眼，只有一掬多大，水面规律地、微微地涌动，仿佛一颗心在跳着。这些泉水一律极清、极甜，几只银白的小虾在里面安逸地游着，一走近，倏地一下就不见了，并不是它们的速度有多快，细细一看，原来都弓着腰，藏在水底呢。水底晶莹白皙的石子、沙粒成全了它们的保护色。但并不是所有的小溪都有泉眼，很多情况下跟着走很远很远，也还是一无所获；还有的时候它们的源头只是另一条小河，我就会比较失望，只好去和小河里的鱼们玩耍了。

记得在我家乡教堂附近有一片小树林，那里有一条小溪，并不长，它的源头是一个池塘。我经常在那片小树林里玩，因为那里有一种小青蛙，通体翠绿，形体娇小，只有樱桃大小（大的不过山楂一般），我叫它们“树蛙”。我很喜欢这些小家伙们。经常蹲在那儿，看着它们鼓鼓的大眼睛，学着它们清脆的“咕咕”叫声，总是忘记了时间，回家后常被妈妈骂呢。

为了能每天都能看见它们，我捉了几只树蛙，带回家。但它们好像很不喜欢我，也不吃东西，也很少叫了，偶尔“咕咕”几声，似乎很委屈。对摆在面前的死苍蝇闻也不闻，看也不看。

我很生气，就捏起一只，掰开它的嘴，硬把苍蝇塞进去，还很得意。谁知第二天它就死了，我很伤心，又弄不明白。我想，可能是它们在我家住的时间太短了，不喜欢我家，不喜欢我。就把剩下的几只放回了小树林，蹲在小溪旁，鼓着腮帮子闷闷不乐。忽然我看见小溪里有几只蝌蚪在游，顿时高兴起来，有了主意：长大了的树蛙不喜欢我，那我从蝌蚪把它养成青蛙，做它的爸爸，它就会喜欢我，就会吃东西了吧！于是我小心翼翼地捉了一只漂亮、健壮的小蝌蚪，用罐头瓶子把它带回家。

那时我有一个小小的玻璃鱼缸，养着两条一角钱的小金鱼，我把小蝌蚪放进鱼缸，和那两条灰色的小金鱼养在一起。

记不清过了多长时间，一个月、两个月，或者三个月，小蝌蚪长得很快，已经长出了两条后腿，个头儿也大了。我兴奋极了，常常盯着它一看就是好久好久。看着它拖着长尾巴，两条腿一蹬一蹬的，一口一口地喝着水，真是可爱极了。又过了一段时间，随着小金鱼渐渐变成灿灿的金色，小蝌蚪又长出了前腿，尾巴也变得越来越短了，我欣喜地看着，想：快快长大吧，我的小女儿，长大了你就能跳起来了，你肯定会跳得很高呢！

小蝌蚪是在冬天死的，我记得很清楚。那年冬天很冷，下午放学，风很大，寒冷而干冽，刮得很猛。我匆匆赶回家，同往常一样，第一件事就是喂我的小蝌蚪和小金鱼。当我看见小蝌蚪一动不动地漂在水面上时，我愣了："你是怎么了？生病了？为什么不动？"急忙用渔网碰了碰它，还是不动。

我笨拙地把它捞出来，用手指碰它，抚摸它，仍旧不动。我终于明白发生了什么，我哭了，哭了好长时间，我到底还是失败了。小金鱼们不知道这一切，还在安静地游着。我弄不明白，不明白为什么会死：我喂食很有规律，水换得也勤，甚至还同它说话……它在这里生活得也很愉快啊，每天都一蹬一蹬地游着，一口一口地喝着水。难道我照顾得还不够好吗？难道我这个爸爸没有尽到责任吗？难道我就真的没法儿把你养大，把你养成青蛙吗？

伤心过后，我决定好好安葬它。我曾经葬过一只小麻雀，是我哥架着梯子从爷爷家屋檐下掏的，还没睁眼呢，但一靠近，它就张大嘴，要东西吃。

它睁开眼第一个看见的就是我，就把我当成妈妈了！哈哈，我一直把它养大，直到它长满了淡褐色的羽毛（虽然只是普通的麻雀，但在我眼中它的羽毛很美）。我忘不了教它飞翔的那几天，在被邻居家那只该死的猫叼走的前一天，它几乎已经会飞了，它的翅膀已经越来越硬了……我一连哭了几天，饭也不吃，最后还是靠着妈妈的安慰，才渐渐好转。它已经被猫偷走了，我又是怎么葬的它呢？——我找到几根它的羽毛，用纸包了，埋在我家门前电线杆下——就算是安葬了它吧。

用火柴盒做小蝌蚪的棺材正合适，但家里没有空的火柴盒，我就冒着挨骂的危险，拿出一盒还剩一半的火柴，把余下的火柴都扔了。然后把小蝌蚪小心翼翼地装了进去，又在我家门前的电线杆下，挖了一个小坑；怕被人发现，挖得挺深，将火柴盒埋了，还找了一块木片，插在上面，就是墓碑了。

那个春天和今年的一样，仍旧执拗地、悄悄地来了。过了一个年，我却并没有忘记我的可爱的小蝌蚪，我的小女儿，常常想起它，有时很懊悔，有时很无奈，渐渐地心中泛起一种想念：真想再看一眼它啊。

因为它的影像在我的小脑袋里越来越淡了，真是奇怪啊，越是常想它，它的影像就越淡、越模糊。不像那个时候，只要一闭眼，它的小身体就会清晰地出现在我眼前，一蹬一蹬地游着，一口一口地喝着水……于是我就有了一股冲动，想把那个火柴盒挖出来。它死了这么长时间，会变成什么样子呢？天那么冷，也许它的尸体还是原样呢！即使再看一眼，也是好的啊。

“死亡是什么样子？是什么颜色？是什么声音呢？”这个念头怎能不在我幼小的心中撒下几点星火，几点终究会燎原的星火呢？终于，又过了几天，在一个春暖花开的下午，我抑制不住这冲动，就拖着铁锹，在电线杆下挖我的火柴盒，那片木头早已不见了，不过我还是清楚地记得那个地方。埋葬了小蝌蚪之后，几乎每次从家里出去或者回来，我都会往那座小坟望上一望呢。

我挖了好长时间，虽然已经开了冻，土毕竟还是有些硬。火柴盒终于露面了，我松了一口气，轻轻地把它捧在手里。

火柴盒已经腐烂，软软地摊在手心里。我叹着气，一片一片地把它撕开，扔掉，我的可怜的小蝌蚪就露出来了——不！不！我的天啊！！当时我差一点儿就喊了出来！我看见了什么？！——我的小蝌蚪不见了，不见了！现在蹲在我手心里的竟然是一只小树蛙！一只小树蛙！一只活生生的小树蛙！它变成的小树蛙！它没死！它死而复生了？！噢！看哪，它的鼻孔一动一动的，在呼吸呢！它转了转大眼睛，还看了看我！它的身体不是翠绿的，因为长久不见阳光而呈一种惨淡的暗绿。我早已经呆了，嘴唇翕动着，嗓子因为哽咽，好长时间发不出一点声音，泪水就这样流下来。

时隔多年，这一幕始终如同昨日，当时的惊奇、狂喜、迷惑、失而复得之情终生难忘。只在人间经历了十个春秋的我还不知道“冬眠”这回事，这个意外的惊喜怎能不在我幼小的心里埋下一颗种子，一颗神秘的种子，一颗奇迹般的神的种子！

我想，这件事大抵就是长大后的我对死亡和神秘如此崇拜与敬畏的源头吧，大抵也就是我对生命和精神的怀疑与热爱的根吧。“生命到底来自何处，人类究竟该走向何方？”“阴阳三合，何本何化？”“圜则九重，孰营度之？”……这些问题，也许真的永远也不会有答案。但在每个人的心中，在每个追求着、探索着的人的心中，应该都会有一个泉眼、一个根，为之源源不尽，生生不息；这个泉眼、这个根，就是每个人的追求的、就是整个人类前进的动力之源啊！

后来小树蛙渐渐长大（妈妈告诉我青蛙是看不见静止不动的东西的，我就捉了活的苍蝇，撕去翅膀，让它乱跳着，它果然就能看见，迅速地一口就吞掉），但我发现它总是很不高兴的样子，呆呆地望向窗外。下雨的时候，它的眼睛就会湿湿的、亮亮的，我终于明白不论住多久，它也不会喜欢这个家了。也许并不是不喜欢我，而是它本来就不应该属于我。它多像一个误入尘世的天使，在这庸庸碌碌的人世，又怎会有幸福可言？只有回到属于它的天堂，才能够再次飞翔。而我就是那个错误吧，是有心，却是无意？我自己也说不清楚。

于是，在一个下着雨的傍晚，我打开窗，把它放在湿润的泥土上，雨水很快把它洗得亮晶晶的。它迟疑了一会儿，就一跳一跳地消失在远处了。

那时的我虽然无知，但我记得我露出了笑，淡淡的笑。

# 乘 着 你 的 翅 膀

CASPER89

子衿，从认识你那一天起，你没有一刻不飞翔在我的心里。现在，是你飞出这片小世界的时候了。因为，你若翱翔，我就可以乘着你的翅膀，直到天际……

那一年，我刚满二十岁，是来日本的第二个盛夏。

8月9日，回杭州匆匆参加完青青的葬礼，我失魂落魄般地回到了京都。第二天，揣着身上仅剩的三万五千日元生活费买了三张JR青春十八铁道周游券，带上几个饭团，往背包里塞了两件衬衣，我开始了一个人漫无目的的逃亡。

那些天里，我露宿过名古屋的街头，睡过日本海一带的无人车站，或太平洋喧闹的沙滩。偶尔路过稍大点的城市，我会一瘸一拐地先找到公园，向那里的流浪汉们讨几个大纸箱，拆开来搭成一个小密室的模样，然后疲惫地躺到里面去，心里莫名地有一种童年时的安心。可是，每次还来不及回想起那些细枝末节，我就已沉沉睡去，直到天亮。

一两天后，我将纸箱如数归还，然后又一瘸一拐地走到车站，搭上普通列车，前往下一个未知的地方。

斜躺在座位上，睡得迷迷糊糊的时候，车厢里的广播响起了一个柔和的女声：“乘客们，列车正在经过濑户大桥。”我迷着眼睛朝窗外看了看濑户内海，心想:原来，不知不觉，快到四国了。手中的铁道券，其中两张已经满了五个印，而最后一张也只剩下唯一一处空白，若不是恰好又遇上无人车站的话，那处空白便会留下那天的日期。

不出意料，列车停在香川县境内的一个大站。检票口处，一个红印盖下来时，我才意识到，原来，我已经身无分文，也没有了回程的车票。车站的附近是个练车场，旁边有一家露天咖啡厅。恰好是暑气正盛的中午，我找了一片树荫，坐下来大口喝从车站洗手间接来的自来水。两个身穿白衬衣、打着领结的男服务生不停地往我这边看。我装作若无其事的样子，整个人肆无忌惮地靠在树上，呆呆地眺望练车场里的人们泊车、前行，不知不觉又睡了过去。

从一股难闻的烟味里醒来的时候，我发现一个二十八九岁的女人正坐在对面的椅子上抽烟。我摇了摇昏沉的头，想要站起来离开，可是我还没走出几步，一个声音从背后传来。

“你的右腿怎么了？没事吧？”我回过头去的时候，那个女人也正在看我，像是一脸担心的神情。我说：“没事，小时候一场事故留下的，没什么不方便的。”“不介意的话，坐下来一起喝杯咖啡？我请你。”她最后加了一句。我想了想，说：“那么，我还能要个芝士汉堡吗？”她听到这里，笑了。然后我自己也笑了，将僵硬的脸扯得生疼。

她是一个明朗健谈的女人，和我聊音乐，聊电影，聊任何，却唯独不问我：“为什么要一个人来这里？”而整整两个星期几乎没开过口的我，那天却像是一个爆破之前最后一次开闸泄洪的大坝，怎么聊都意犹未尽。离开的时候，她问我：“明天还会来吗？”我说：“大概吧。我想，我暂时哪里都去不了了。”她笑了笑，然后从包里拿出一张券递给我。我接过来一看，原来是温泉旅馆的单人住宿券。她说：“报名学车时送的，离这里不远，不介意的话，你拿去用吧。”我朝她看了看，她冲我一笑，便起身走了。我望着她的背影微微一怔，那笑容似曾相识。

果然和她说的一样，走了不到十分钟，我就找到了那家旅馆，一幢有些历史感的古旧别墅。我走进房间，铺好床倒头就睡。半夜里醒来时，旅馆的澡堂已空无一人。我在露天温泉池里坐了片刻，然后赤裸着身体走到雾气朦胧的镜子前。我茫然地看着镜子里的自己，发现那仿佛已不是自己的嘴脸，消瘦的脸上满是污迹伤痕，只有一对眼睛大得吓人。我刮去嘴边杂乱的胡须，换上浴衣回到房间的时候，移门上的一角，一只碧色的蜥蜴正吐着舌头。我轻轻去推移门时，它已逃得不见踪影。推开门，眼前是一片昏黄灯光下的庭院，而头上的夜空却缀满了星星。

我躺到被窝儿里，看着深蓝色的天空，想起了高中即将毕业时的一幕。我和青青两个人并排坐在篮球场边。我对她说："要是有一天我穿一双耀眼的篮球鞋，是不是也能像那些家伙一样高高地飞起来？"青青没有出声，只是转过来，朝我淡淡一笑，然后很自然地把头靠在了我的肩上。那一刻，我紧张地一动不动，心想：你在干吗？我只是一个瘸腿的少年。

第二天中午，像是赴一场没有约定的约会似的，我和那女人又相遇在了练车场旁的咖啡厅。她依然健谈，在聊到电影的时候，她说起了《卡萨布兰卡》里女主人公依尔莎祈求里克吻她的一幕。我莫名其妙，一时兴起，竟拿起了装满冰水的玻璃杯，学着男主人公的样子，深情凝视着她说："为你的双眸干杯！"

下一个瞬间，两个人笑得前俯后仰，几乎钻到了桌底。稍稍平静一些的时候，我脱口而出："其实，我还保留着初吻。"

坐在对面的她紧紧地盯着我，脸上的笑容一点点转向了若有所思的沉默。我怕被她透过外壳的裂缝，看到心中的羸弱，正要避开她的目光，可是，她突然站起来，不由分说地拉起我的手，拽着我走到了停车场的最里面。她一把将我推到墙边，凑过脸来，两片柔软的嘴唇不偏不倚地落在我的嘴上。我不知所措，一片空白，只能将自己委身于她的双唇。那是一个漫长的深吻，漫长到在上一刻担心自己会不会就这样窒息死去，而下一刻又想，如果要死，那么就让我这样死掉。吻着吻着，我不由自主地伸开手紧紧地抱住了她，泪流满面，放声大哭，一边哭我一边喊："你还没看我飞起来，你都还没等到看我飞起来！"我整个人瘫倒在地，捶胸顿足，她跪在我的身旁，默默无声，不住地为我擦拭眼泪。

那天傍晚，她将我送到了车站，递给我一个信封。我看了看，里面是一张五千日元的钞票。临别时，她说："我想我猜到了，你究竟是为什么一个人来这里？"我说:"大概是为了找一股上升气流。""气流？什么上升气流？盛夏的这里只有热带低压。"两个人隔着检票机，最后一次笑得前俯后仰。

回到京都的时候已是半夜，快到家的时候，天空稀稀落落地下起雨来。打开房门时，我发现桌上摆着一个大大的包裹，我想应该是我不在的时候，房东替我收下的。包裹外没有邮寄人的名字，也不知道来自哪里。我用剪刀小心翼翼地剪开边缘时，掉出来一张卡片。我打开一看，上面是三个歪歪斜斜的字：You can fly。

我一时不明白，到底是谁会送我这样一张卡片。我思忖片刻，蓦地意识到什么，发现包裹里是一个封得很严的纸盒。我似乎预感到了什么，用力去扯外面的胶带，扯的时候眼睛渐渐模糊了起来。

打开盒子，里面安静地躺着一双崭新的、红得刺眼的篮球鞋。我禁不住笑出声来，可心里却一阵剧痛，眼泪顺势滑下脸庞。拿起球鞋的时候，我发现下面有一封信，短短的一段话，是我熟悉的字迹，却又像是费了很大劲才写成的。“子衿，从认识你那一天起，你没有一刻不飞翔在我的心里。现在，是你飞出这片小世界的时候了。因为，你若翱翔，我就可以乘着你的翅膀，直到天际……青青”

窗外一阵雷鸣，大雨从夜空倾泻而下。我抱着迟到的二十岁礼物坐在窗前。那夜，雨一直在下，仿佛没有尽头……

# 麒麟

郑执

刘爽孤立在十字路口中央，像一个被当众遗弃的弃婴，四方宽阔马路的去向都是望不到尽头的黑暗。

若没有半尺厚的积雪给刘爽当了救生垫，二楼跳下来的他早就骨折了。多亏酒力发作，令他顾不得疼痛和冰冷，光着脚丫子在雪地里踉跄前行，同时还要当心初雪被踩出的“咯吱咯吱”的响声惊动了门口两个叼着烟头把风的民警。刘爽猫着腰，一步步蹭到自己那辆奥迪车后，悄悄把后备厢抬起一道缝儿，摸出一双足球鞋，一手拎着躲进驾驶位，另一只手轻轻带上车门，来不及换鞋，打火，猛一脚油门儿，车冲进宽敞无阻的大街，险些撞上护栏——两个民警刚刚反应过来，黑色奥迪已经逆行飞奔进夜色里了。

“跳窗户跑那小子呢？！”一个气势汹汹的警察从正门奔出来，呵斥道，“看见车牌号多少了吗？”

“黑布遮上了！”把风的两人自己害臊起来，“队长，要不然咱开车追？”

“一个嫖客，你当是刺客？还追！”

市里的玩家中盛传：“金麒麟里一夜爽，不去银河湖中浪。”——狗屁！真不该听何主任的！银河湖去了半年多，也没出过事儿，去金麒麟第一次就被端了窝儿，大过年的，吓出个病来！刘爽下意识地想伸手摸根烟出来镇定一下，想起外套还锁在金麒麟的更衣柜里，慌乱中只抓了一串儿钥匙，证件、手机什么的都在外套口袋里呢，岂不是给警察留了线索？只需要去服务台一查，哪个手牌号没付账，人又不在的，再撬开更衣柜——刘爽暗笑了下自己的蠢，恐怕不用警察忙活这一大圈儿，何主任已经主动招了——瞧他那㞞样儿：“全市严打，就算只有一家洗浴中心还敢营业，那也是金麒麟！老板五爷，那是我发小儿。他水有多深，没人比我更清楚了，进去以后放心玩儿，别一惊一乍的，丢人。”临进门的时候，何主任还一甩手指着正在给奥迪车蒙黑布的服务生，“瞧瞧这服务，能出什么事儿？”

这下被抓，恐怕何主任身上连交罚款的钱都没有——他今天邀我来，明摆着就是让我请客的。何主任绝不会叫单位领导，估计肯定得喊他老婆来领人了，领不领得走还未必！这次是全国严打，跨省互派警力，六亲不认，岂止罚款那么简单，一抓到就是六个月收容——这么一想，刘爽心里居然暗爽了一刻——活该！

荧光绿色的“2:00pm”闪烁在车内的电子表上，已经驶出了几条街远，刘爽才把车靠在路边，吁了口气，试着让头脑清醒。

他想起该给冯叔打个电话，好赶快找人去捞何主任，趁他老婆和领导被通知领人之前。手机没在身上，只能找个公共电话，外面天寒地冻，瞧见街边一家24小时的烟店，哆哆嗦嗦冲了进去。

“唉、唉、唉！”男老板不耐烦地敲着玻璃货柜说，“这电话是先投币的，一块！”“大哥，我身上真是一分钱没有，急事儿！你先让我打，明天我给你送十块钱过来！”刘爽面露难色，上身浴袍，下身一条秋裤，确实连能掏钱的口袋都没有。

“喝了多少啊？！”烟老板眼角朝门口一瞥，“开四个圈儿来的，蹭我一穷老百姓电话打，说不过去吧？不是刚才找小姐都掏给人家了吧？”

绣着“金麒麟”三个字的遮牌布还挂在奥迪车前后，慌得忘了摘。

刘爽一急，扯下脖子上的玉麒麟，清脆地拍了一声响：“这个押给你行了吧？明天我拿一块钱来赎！”

烟老板拿起玉麒麟在台灯下晃了晃，嘴里嘟嘟囔囔的，给了刘爽一个钢镚儿。

刘爽记不住冯叔的号码，还得先打给家里问，这么晚了肯定都睡了，还不如自己回家去翻电话簿，可他真不想就这样回家。

“刘局长临走前嘱咐我，要好好照看你，我得对得起你爸不是？”大年刚过，几家单位能签单的酒店尚未恢复营业，否则这顿饭局何主任也不会吃到中途才想起叫刘爽来，“何叔叔给你安排这工作也不易，你得好好干啊，收收心。”

今天大年初三，一大清早，刘爽还缩在被窝儿里，母亲就把一个拴了红绳儿的玉麒麟往他脖子上一套。说是属猪的今年要想顺，男戴麒麟女戴凤，也不知道又是从哪本风水书上看的，还趴在刘爽耳边悄声说，麒麟是送子的。保佑那死丫头能给我生个孙子，也算我没白好吃好喝供着她。刘爽根本不介意母亲称自己的女人为“死丫头”，更何况母亲说话时妻子就躺在自己身旁。两个女人彼此能在面子上过得去已经是谢天谢地了，假若父亲还在世，“死丫头”根本进不了这个家门。

玉，是块好玉。不过刘爽分不清迷信和信仰之间的本质区别，就像自己脖子上戴了不到十几个小时的玉麒麟与何主任胸前相传戴了十几年的玉观音相比，兴许刘爽那块玉的质地要更上乘些呢，但何主任对玉观音表现出的敬仰之情显然比自己的迷信或信仰赢在了境界上。半个小时前，在金麒麟，何主任坚持要跟刘爽进一个包房。刘爽心里厌恶至极，各搞各的还非要挤在一个屋里，他清楚何主任是想让自己这个客请得更合情合理。

随后领班带了两个小姐进屋，一个小姐正要脱衣服，被何主任拦住了。他一挺铁皮锅似的肚子，从按摩床上靠了起来，非让小姐给他找一块红布来。小姐问干啥，何主任说包东西。小姐只好悻悻而去，真找了块红布来，何主任小心地摘下脖子上挂的玉观音，毕恭毕敬地摆在红布中间，轻轻包好，放在枕边，双手作揖，嘀咕了几句。刘爽当时忍不住乐了，何主任厉色道："菩萨面前乱搞，不怕下辈子瞎眼啊！小爽啊，这年头儿年轻人也得有个信仰。管你是信什么呢，而且要信就得虔诚，要不怎么熬啊，你说是不是？"刘爽掂了掂胸前的玉麒麟打趣问："这个算不算？"就在此刻，包房里的自制警报灯亮了。

家里客厅的灯居然亮着，刘爽在车里犹豫了一下，才拿钥匙上了楼，开门进去，妻子挺着个比何主任还难看的大肚子在沙发里蜷着，眼神恶狠狠地等着他，锐利得像深埋了一冬的捕兽夹子。

“喝成这奶奶样儿！又上哪儿疯去了？”

刘爽无言以对，换了拖鞋，才发现墙角碎了满地的青花瓷碟子。

“我早晚让你妈给逼疯！”妻子喊话的音量明显不单是给刘爽听的，“再给你一个礼拜，你妈不走，我走！”

“我妈一个人，你让她往哪儿走？”

“不走是吧？”妻子眼泪夺眶而出，一起身，随手抓起一本几斤重的时尚杂志就要朝自己肚子上拍。

刘爽觉得此刻场景有些好笑，脱了一半的足球鞋又穿了回来，打开鞋柜上层的抽屉，捏了几张百元票子，开门下楼，轻车熟路。刚下不过半层，屋里又响起老少两个女人的吵骂声，刘爽加快脚步，逃命似的飞奔进了车里。

马路上零星跑着几辆车，刘爽漫无目的地开着，再次路过金麒麟，心虚地望一眼，门口的警车已经散了，何主任此刻正蹲在局子里吧，真不记得他逃窜之时有没有抓上那块红布。刘爽意志仍然恍惚，见路上空旷，突然起了飙车的性子。话说这辆奥迪还是父亲单位给配的，父亲不会开车，司机开了几年，刘爽只是摸过。

近两年，但凡刘爽同学聚会，自己一定把奥迪开上，才终于明白这车真正的好，在于车标，不在性能。父亲去世一年多，公家终于想起该把车收回了，再不试试性能，以后也没机会了。刘爽手上一换挡，刚把车拐上快速干道，马上后悔了，前面十字路口处设了路障，十几个交警在查酒驾。路口被拦下来的车辆塞满，掉头已经不可能，没得躲了，醉酒驾驶、身上还没有驾驶本和身份证，抓到准完蛋。刘爽心一横，今晚都逃一次了，不怕再多一次，借着酒劲儿，猛一打轮儿，撞飞两个雪糕筒，直接冲了过去。

刘爽从后视镜里看到两辆警车追了上来，雪地里四道深深的车轮印像是白布上被人撕开的口子，红蓝相间的警灯被映衬得如同霓虹般暧昧——真是台好车！刘爽紧握方向盘在心里感叹。

才逃出两个街口，奥迪车就被另两辆警车围堵在路中央，七八个交警如获至宝似的将刘爽从车里揪出来，塞进了一台警用箱型车——搜身、盘问、酒精测试仪、抽血、随行记者录像，一系列过年期间常常被地方新闻夸大的严查流程也不过如此。刘爽竟意犹未尽，心里念叨着：这下可好！非得闹出点儿动静不可！等从拘留所一出来，再跟一帮同事聚会，看谁还敢在我面前吹牛？金麒麟里逃出来！警戒线前冲过去！哪个孙子敢？隔壁办公室小李十年前跟中学校长大打出手的破事儿今后在酒桌上都得往后排了。一连三年聚餐都讲同一个段子，还自觉威武得很！不嫌腻！我刘爽这次的厉害，足够在酒桌上站三年了！

刘爽酒意又泛，正陶醉着，一个年轻警察指着他说："孙队长，就这小子！"

孙队长进到车厢里，坐到刘爽对面，惊呼道："小爽？！"

"孙叔！"刘爽说不上是惊喜还是失望。

"这孩子！大半夜不在家守着老妈和媳妇，跑街上胡闹个什么劲呢！都快当爹的人啦！"孙队长说罢不忘朝车外一挥手，几个年轻警察知趣地散了。

"幸亏今晚是我的岗。"孙队长一拍刘爽的肩头说，"你说这要是真出了什么事儿，我上哪儿对得起你爸啊！"

"对不起孙叔，惹祸了。你该咋办就咋办，我都无所谓。"

"还逞能！你不怕丢人，我还怕丢你爸的人呢！你爸刚没一年多，市委那些老领导都还在呢，护着点儿你爸这么多年来的面子吧。"孙队长掏出上衣口袋里的烟，甩出几根，捡起来给刚刚几个年轻警察分了，又问刘爽，“身上带钱没？”

“车里好像有。”

刘爽眼见孙队长从奥迪车里翻出那几百块钱，卷了两张，塞进余下那半包烟的空隙里，走向刚刚扛摄像机的记者，轻巧地摆进对方的大衣口袋，简单说了几句，便返回来对刘爽说：“车我得扣下，你赶紧回家，其他的事儿明天来单位找我。”

刘爽孤立在十字路口中央，像一个被当众遗弃的弃婴，四方宽阔马路的去向都是望不到尽头的黑暗。酒终于醒了大半，刘爽再也顶不住刺骨的寒风，远远拦下一辆出租车，钻了进去。

“哥们儿去哪儿啊？”

“银河湖。”

“今晚严打啊，我刚从银河湖那边儿过来，场子被掀了！劝你这几天可别出来玩儿，全都得关门，抓到就悬！”

刘爽整个身子顿时瘫软下来，蜷缩在后座恳求道：“师傅，热风再开大点儿。”

“呵呵，那得加两块钱啊，夜班儿打表贵。”

“嗯，好，加钱。”

“那送你去哪儿啊？”

刘爽犹豫片刻，去了那家二十四小时烟店，下车一看，竟然锁了门，屋里漆黑一片。玉麒麟，只好明天再来赎。恍惚中，他突然想起烟老板把玩那块玉麒麟时嘴里嘀咕的话了：麒麟是个好东西啊，龙头鹿角、狮眼虎背、蛇鳞马蹄，所有稀罕东西都凑它一个身上了，难怪神仙都骑它。

刘爽浑身一抖，在烟店门口吐了一地。

“哥们儿，还走吗？”司机摇下车窗探头问道。

刘爽深吸了口寒气，上了车，递给司机一百块钱说，走吧。

“去哪儿？”

“能过夜的地方。”

# 清 醒 的 哑 巴

冒牌上帝

有个人说过，爱情是由许多重要和次要的构成。但我现在却发现那些次要的其实没多大用处。它们总是拖泥带水却又不彻底死绝，而且还经常不痛不痒地冒出来，使我不得不对它存在的意义表示怀疑。

被人群淹没的城市里，我在湘江东。我没事总喜欢看看天，但这不能说明我有小清新的倾向，小清新除了喜欢看天，还喜欢拍草地，我对绿色的都不感冒。我有时候看着天上，那些很厚的云层笼罩在太阳上空，我努力辨认着哪一块云层看起来像马，哪里又像骡子，这时候我觉得我是一个牧云的人。有的时候我觉得那些奇异的云层像是一个巨大女人的轮廓飘在天空，这总让我感到一丝兴奋。有的时候天空慢慢阴沉下来，这是要下雨了，我得赶紧走。前边还是人群，老头儿和老太们表演花鼓戏。再往前看，是一幢又一幢的楼，它们挺拔、高峻，都快挡住太阳了，我该去哪里呢？

一年前我在河北，这个离首都最近的省，被硕壮的麦地淹没。我们的城市像是被麦地包养的情人，精致而带有诱惑力。

有天晚上大B叫我去参加一个聚会，我闲来无事，但是又不想去凑这个热闹。我说，你去吧，我回去补觉。

是大B把我拽上车的。我记得那天晚上邯郸下起了罕见的大雨，我坐在车上，看着被冲刷一新的城市，我觉得夜晚的城市于我是多么的陌生。来邯郸一年多，从未在晚上九点以后出过门。我以为北方的城市晚上是会休眠的，街上不见了熙熙攘攘的人群，这点和南方不一样。

大B和几个朋友喝得烂醉，三个美女霸着麦克风，我坐在包厢的角落看着并不熟悉的她们疯狂。我不会喝酒，自幼酒精过敏。有个女人说，你也来点个歌吧。我想，我是唱《爱情买卖》还是《跑马的汉子》呢？

他们在抽叶子烟。一截沾满口水与口红的叶子烟传到大B的手里，大B深吸一口，缓慢地吐出来，表情像是便秘了很久然后茅塞顿开的爽。他递给我说，快，冒子，要烧完了你来一口。

我接过这截沾满唾沫的烟，吸了一口，没什么感觉，有点儿甜，很香。

感觉怎么样？大B问。我望着这半截烟摇头，大B说：“你反应比较慢，再来一口。”

我又深吸一口，仿佛是要把尘世间的污浊都吸入肺里，然后经过毛细血管，统统吸收掉。

我沿着沙发靠背滑下去，大脑在旋转，声音越来越模糊，耳边莫名其妙地响起Nirvana的《Dumb》：I think I’m dumb，I think I’m dumb，I think I’m dumb……墨索里尼，东条英机，格瓦拉，斯大林，希特勒，柯本，列侬，大野洋子……我开始待机，感觉世界开启、又闭上，开启、又闭上，终于沉睡过去。

散场的时候大B这个烂人喝得很烂。他每个月都有这么一次疯狂到极点的烂醉。当时抱着马桶不松手，高唱“每一个马桶都是英雄”，我说：“走吧，英雄，明天的合同还得签，业务还得谈，日子还得过，咱们回去撒酒疯去。”

是我把大B拖上车的。我把他拖上后座，在他身上摸索车钥匙，后面坐着一个女人，说是顺路。

等我问明白了她的目的地，才知道一点儿也不顺路。大B最近，她其次，我最远。我说：“这么着吧，我先把大B丢回去，再送你。”

她说行。

送大B的时候费了很大劲。他家住六楼，没电梯。我扛不住他，在我背上又吐又唱的。

最后一层我架着他两胳膊往楼上拖，用脚大力地踹门，他女朋友过来开门就骂："冒一冒，你是要把门踹烂啊？"

我说："你先把这个烂人踹了吧，车我先开走了，明天还给你。"

下楼的时候车里的女人已经坐到前面来了，后排已经被大B吐得一塌糊涂。我说："现在送你。"

到了楼下，她下车说："谢谢。要不，上去喝杯咖啡？"

"嗯，可以。"我知道这是个客套话，半夜三更孤男寡女，但是我不假思索地答应了，有点儿仓促，我知道。她笑了笑："上来吧。"我跟着她到五楼的一个瑜伽馆，没想到她是教瑜伽的。我说："教瑜伽啊，难怪身材这么好。"

她说："赞美之词，不可言信。喝点什么？""牛奶加咖啡。""卡布奇诺？”“嗯。”那就“看不起我”吧。

我端着热气腾腾地咖啡看着墙上的一副抽象画，线条粗犷，红色的基调，黑色的底，无数的红色椭圆形像是在旋转，看得我头晕。她说：“我见过你，你上次给大B搬家，晚上我们一起吃饭。”我说：“是吧，你看，我尽认识大B这样的烂人。”“大B人很好，就是喜欢喝酒。”“呵呵，我知道。”

我们就这样有一搭没一搭地聊着，已经到了深夜了，北方的城市已经睡熟，外面漆黑一片，电视里播着无聊的肥皂剧，手里的咖啡渐渐冷掉。

我说：“我说个故事吧。”她问：“关于什么的呢？”我说：“关于选择。”

“从前，有个富人，众所周知，坐贾行商，从北京到天津，买的没有卖的精。这个富人赚了很多黑心钱，但为了弥补心中的不安，又做了很多善事，希望能得到上天的原谅，求个心安理得。

“后来，他死了，去了阴间，见到阎王。阎王说：‘你做了如此多的黑心事，本应下地狱的，考虑到你又做了不少的善事，现在给你选择，

看看你的运气吧，左右两扇门，一个天堂，一个地狱。你开始选吧。'

“这个富人心里想，幸亏我及时行善啊，要不然就下地狱了。他考虑了一下，说：'我要去左边的门。'

“牛头马面打开左边的门，透出黑色的光，传出厉鬼的哀号，左边是地狱。

“那么右边呢？这个富人说：'我想看看右边的天堂。'右边门打开，同样是黑色的光，黑色的地狱。'为什么？'富人不解。

“阎王说：'你活着的时候，可以选择做善事，做恶事，这是上天给你选择的权利。现在你要尽义务了，这就叫作罪有应得。'”

她低着头听完这个这个烂故事，沉默了片刻，抬起头来眼圈泛红。我知道我这个故事阴差阳错地做了个引子，我知道我又有故事可以听了。她说：“2006年，我有个男朋友，我对他很好，你知道是哪种好吗？就是那种无微不至的关心。我们那个时候在北京，你知道活在北京多不容易吧？”

我说：“我知道，北漂人都挺不容易的。”“那个时候我们住在地下室，每天早上六点半就要去挤地铁，有的时候为了赶时间都来不及吃早餐，我就到小卖铺给他买早点塞在他的包里。北京的天气很冷，我给他买羽绒服怕他冻着，那个时候我们很苦，是拼了命的小白领，期待有一天能在北京拥有自己的一片天地。”

“现在想起这些真是可笑。”她继续说着，“有一天我在他的手机里翻到一条暧昧的短信，显然两人关系很好。

“开始没在意，后来这种事情发生的越来越多。有的时候星期天也要加班，电话也不接——他星期天从来不加班的。

“有一次那个女人打他的手机，他刚好出去买东西，我就接了，我知道他有事瞒着我，这是女人的直觉。

“但是真相大白的时候我还是不能控制我自己。我在电话里语无伦次地骂,对方倒是很冷静,她说你不要破坏我们的感情,我们很相爱的。”

“你知道这种感觉吗？”她对我说，“猛然有种做小三的感觉，像是我破坏了他与别的女人的感情。你说，这个世道公平吗？”

“嗯，是比较不公。那个女人是谁？”我支支吾吾地说，“嗯，我是说真正的第三者。”

“还能是谁？他们老板的女儿。他知道了以后对我破口大骂，说丢了工作了唯我是问。我说，什么也别说了，我们分。

“我和他分手以后找了个大款。我要以牙还牙。我想凭什么你可以找富姐，我就不能傍大款？”

我说：“你这种鱼死网破的思想很危险啊。”

她说：“是啊，后来我就尝到苦头了。

“别看那个大款人前斯文体面，裤子一脱就是禽兽。床上什么花样都想得出，有的时候还打得我鼻青脸肿。对不起，我失态了，不应该和你说这些。”

“没事。”我说，“我也知道一些，这叫作 SM，我懂。”她继续说：“后来我在圈里混熟了，又找了几个有钱人。都一样，就想给你点好处，让他们爽，天下乌鸦一般黑。”

“我有的时候也想找个好男人嫁了。我有个姐妹，和我一样的情况，去年找了个富二代嫁了，没想到婚姻生活如此惨烈。她老公像使唤用人一样使唤她，还背着她出去找女人。你说男人可恨不可恨？”

我一时语塞，不知如何回答，感觉就像自己给了自己一巴掌。

她看出了我的尴尬，她说：“当然了我也没针对你。你说，我变成今天的处境能怪谁呢？后来我就跑到这里开了个瑜伽馆。我想着能重新生活，忘记过去，但是这些东西怎么也忘不掉。”

“你觉得爱情还有意义吗？”我问她。

我说：“有个人说过，爱情是由许多重要和次要的构成。但我现在却发现那些次要的其实没多大用处。它们总是拖泥带水却又不彻底死绝，而且还经常不痛不痒地冒出来，使我不得不对它存在的意义表示怀疑。这生活啊……”

她说：“我也这么认为。那么，今晚，你认为爱情还有意义吗？”她向我抛来暧昧的眼神。我望着窗外，漆黑一片。我仿佛夹在这么一个狭小、污浊、肮脏、令人窒息的空间里无法动弹。除此之外，我又非常想在她那条宽阔的高速公路上大干特干一场。我想起她被衣服包裹着冒着黄油的小腹与卑鄙丑陋的下体，这一切，就像我深深陷入一个无法触底的窄小的深井中，无法自拔。

# 柱 仔 奶 奶

村丘夫人

现在是下午，你要是过去找柱仔奶奶的话准能找到她。在她家门口一站就能瞧见她坐椅子上看电视呢。说不定手里还在包着饺子啦、鱼丸啦、馄饨啦。你告诉柱仔奶奶你饿了，她一高兴，抓几粒饺子往锅里一扔便赏你一碗。

你说柱仔奶奶呀？东张街，清源路北东后巷 7-3 号。她就住在那条小巷子里，你走进巷子能看见一口井，几十年前柱仔奶奶的男人跳进这井里死了来着。再往前走几步就是她家了。柱仔奶奶的家门口对着对面老邻居的后门。那房子是用些石头混着泥土堆砌的，有几处是在后来用水泥砌了几块砖头修补一番。两扇门角破了些洞的木门，推来推去就吱吱呀呀响个不停。柱仔奶奶嫌吵，所幸整天用椅子顶着门敞开。柱仔奶奶说反正她家也没什么值钱的东西，还怕他强盗小偷什么的，顶多钻进几只老鼠和她玩。房子是那死了的男人给柱仔奶奶留下的。1950 年所建，砖瓦房，真没什么好看的。门口看过去两层楼，三米六宽，五米高。

往里可以看见一张桌，几把椅子，摆在那电视前。接着是桌子旁的木棍架子。柱仔奶奶把簸箕啦、花生壳子啦、木柴啦七七八八地摆在上头。逢上什么大事小事，她就会踮着双脚在那架子前翻来翻去。偶尔架子因为翻动颠颠晃晃的，时不时把墙壁的灰给撞下几块，奇怪的是从来撞不坏墙壁上挂着的毛主席画像。

现在是下午，你要是过去找柱仔奶奶的话准能找到她。在她家门口一站就能瞧见她坐椅子上看电视呢。说不定手里还在包着饺子、鱼丸啦、馄饨啦。你告诉柱仔奶奶你饿了，她一高兴，抓几个饺子往锅里一扔便赏你一碗。

呀，你可真不能嫌柱仔奶奶的饭不好吃。几十年前柱仔奶奶扛着锅碗瓢盆，什么煤炭啦、炉子啦，往那街边一摆，嘿呦！管她今天是炸饼子还是炸春卷什么的，那味道十里飘香都不夸张。柱仔奶奶可就是靠着这一手好厨艺养活了六个孩子咧。

柱仔奶奶说啊，冬天的时候最不好过了，风冷飕飕的啊，在街头摆摊子只能蹲在炉子前取暖，抖得停都停不住呢。要是实在受不了，破口大骂几句那早死的男人。什么一死百了啊，呸！真是没见过能让人这么不安生的，畜生！活该早死哼！骂几句，呼呼几口气，虽然还是冷飕飕的，可这心里舒坦了。

这后来，人老了干不动，反正孩子也都成人能养活自己了，摆摊子卖饭的活儿不干也罢。不过要是到了什么节日的话，街坊邻居就一个一个地上门找柱仔奶奶。请柱仔奶奶给做点子糕子啦、海蛎饼啦、粽子啦，一大堆乱七八糟好吃的。柱仔奶奶哈哈哈地几声接过邻居递来的食材，操着嗓门儿挥挥手说着："哎哟，这有什么不好意思的！行了没事你赶紧走吧！我得忙活咯！"

于是柱仔奶奶坐在灶台旁，春夏秋冬都拿着把扇子，一下扇火，一下扇脸。股股白烟往上冒。冒着冒着，时光随烟消散在空气里头。

柱仔奶奶二十多岁成了寡妇，不抱怨，不哭天喊地。不过她倒是把喊用在了吃饭这回事上。你现在是听不到了。十几年前，柱仔奶奶插着腰站在门口，清亮的嗓子把六个孩子的名字一个个喊过去。柱仔奶奶也不知道孩子究竟跑哪玩去了，只晓得喊上几声，过个几十秒孩子就会蹦出来。

这几个孩子跟着柱仔奶奶过生活，柱仔奶奶时时教导他们做人要勤俭，不可浪费；要咻咻几下把碗里剩的米粒吃干净。孩子们不觉得那是一段穷苦日子，因为无论怎么样，柱仔奶奶都能倒腾出好饭好菜往桌上摆。

几个孩子，结婚的结婚，外出谋活的谋活。柱仔奶奶站在家门口用右手捏着左手腕，定定地望着他们一个又一个搬出去，末了洒脱地说："一个个能好好过就行，别强求些其他的。"

清闲日子还没到头。那一年啊，人都告诉柱仔奶奶，她大儿子在外头也不知瞎做些什么，借了一笔钱把两个女儿送去国外想着以此能求富贵，又不知怎么地领养回一个小娃娃。这里欠债那里欠债，实在不行躲到外头去了，把他老婆都整得要疯啦。

柱仔奶奶四处打听大儿子的下落，频频无果。过几月大儿子出现在家门口，柱仔奶奶一把给拽进来，劈头盖脸骂个不停。总算骂停了，又把儿子拽到椅上。埋头炒菜，紧抓着锅把，手臂大起大落，只见锅里的火噌噌往上冒，照得柱仔奶奶紧皱的眉头忽明忽暗。炊烟未散，几盘热腾腾的菜啪啪啪地丢在桌上。柱仔奶奶说那混账吃完这一顿饭就走掉了，没回来。两个被送出国外的孙女也没回来。

接着小女儿生了个女孩儿。又因和自己丈夫闹不欢，抱着刚出世不久的孩子出现在家门口，柱仔奶奶一把给拉进来。喉头被噎住似的说不出什么话，埋头煮饭做菜。怨气撒在柴米油盐上，一大把味精一大把醋，什么都不管地往锅里洒，也不顾出来的是什么怪味。后来柱仔奶奶一直养着这小外孙女。在外的女儿时不时寄些用品和生活费回来。柱仔奶奶接起电话也就大说几声很好很好，你女儿被我养得肥着呢，你老担心个什么，没事我挂了！砰的一声挂下电话，继续忙活去了。

二儿子娶了个有钱人家的女子当老婆。着实给家里救济了一番。柱仔奶奶觉着对不住她二媳妇。过节过年，二媳妇带着孩子回家吃饭。一大桌子的人，柱仔奶奶不停地给二媳妇生下的孙女夹菜。日子一久，三媳妇不乐意了。那天就在井口前和柱仔奶奶大吵一番。怪柱仔奶奶只疼二媳妇的孩子,不疼她三媳妇的。柱仔奶奶被这么一说也不高兴了。愈吵愈烈，三媳妇冲进厨房抄起菜刀胡乱挥舞。柱仔奶奶喊着你干脆砍了我算了！街坊邻居拽着柱仔奶奶，又拽着三媳妇。末了柱仔奶奶气得晕了过去。

一醒来又当什么事也没发生，接着忙活去了。

小儿子倒是清净。一清净就净到了三十来岁，还打着光棍儿。闲不住，折腾到国外去了，音讯寥寥无几。

日子呀，过了又过。柱仔奶奶只觉得好笑，那几个大人忙时常常把孙子孙女交给她。站在家门口，手扶着墙，沙哑的嗓子喊出几声名，孙子孙女就像当年的孩子们一一蹦出来。孙儿们总不把饭吃干净。柱仔奶奶便说，要是没吃干净的话，天上的雷公雷母会响雷来砸你的哟。

远处阴暗的天边劈下几道闪电。乌云翻滚着，闷响了几声雷，雨开始什么也不顾地从天上掉下来。屋顶上的砖瓦被砸得噼里啪啦响不停，水滴子顺着瓦片连连流淌。这种时候房屋是昏沉无比的。柱仔奶奶开着电视，一边看着一边忙着手里的活儿。

阴雨天腿总犯疼。柱仔奶奶常说她身子硬朗得很，贴上几片膏药也就完事了。从家门口到市场买菜，别人要走上二十分钟，她十分钟能踏个来回。办事可从来都是麻利的，不拖沓。

柱仔奶奶有时忙累，起身关掉电视。打算靠在椅上小睡一会，刚闭眼，传来了几声猫叫。柱仔奶奶叹了口气，又起身到厨房给猫盛些吃的。

前几年啊，邻居给送来了一只小黄猫。柱仔奶奶乐呵地接过，抓着猫在桌底下绕了三圈。随后的日子，猫的吃喝拉撒睡也都在这桌底下。偶有几次咬开了绳子出走，但次次归家。柱仔奶奶只喊这只猫叫畜生。“嘿畜生，你就只管睡觉。”“嘿畜生，好米煮的稀饭你还嫌不好吃。”“嘿畜生，有本事咬断绳子跑了就别回来。”

畜生刚来的一年生龙活虎的。谁要是经过那桌子它便猛地跳出来往人身上扑。柱仔奶奶让人别怕这畜生，它不咬人，只是闷得慌罢了。

三年两年，畜生扑人的速度比先前慢了不少，身形圆滚。柱仔奶奶嘲笑畜生连抓只老鼠都要费些劲。畜生只趴在桌底下看柱仔奶奶走来走去。一会儿揭锅盖，一会儿搓洗衣服，一会儿栽花，一会儿倒污水。污水溅到了畜生身上，喵喵叫上几声。

“嗨我说柱仔，你每天都瞎忙些什么呢！”

“行了行了，你每天都瞎叫什么呢！”

又后几年，畜生不再扑人了。大半的时间都蜷着睡觉。偶尔柱仔奶奶在旁刷碗吵得它睡不安稳，抖抖耳朵。饿了渴了叫上几声，或是在桌子下绕着圆圈走着。柱仔奶奶弯腰捡起小铁碗从锅里盛饭，往里头浇上鱼肉汁丢在畜生旁边。

畜生嗅了嗅，舔上几口就走开了。柱仔奶奶骂道这畜生不被雷打死才怪。

掰掰手指头数，这刚好第十年了。畜生变得瘦弱瘦弱的，脸上还有几道疤。那都是外出后回来才有的。柱仔奶奶说畜生每次从外头回来都是个鬼样子，吓死人。捡几块肉丢到畜生碗里，畜生咬了咬，又用爪子挠了挠，气闷闷地叫上几声。

“畜生，没见过像你这么胃口坏的。”

“老太婆，你每天都晃来晃去弄得我脑袋都疼了。”

“你每天都舒舒服服地窝在那还嫌个什么，我这一辈子就是瞎忙活的命咯！”

“哎呀我说老太婆，今天也不会有谁来吃饭的啦！”

“畜生，你要是再叫个不停今晚就没饭吃了！”

几道光从云里射出来。风往北吹，乌云跟着风走，走净了。

蓝白的天空下头，柱仔奶奶把盛好饭的铁碗哐当一声丢在畜生面前。畜生探出头，从桌沿淌下的雨水砸到脑袋上。

柱仔奶奶抬脚碰了碰畜生的脑袋。

“畜生啊，这一天又过了，你都老成这样了哟。”

现在雨停天放晴，一会儿要傍晚了。你要是找柱仔奶奶的话就赶紧过去吧。那条小道胡同，有口井往前走几步，要是不知道哪个是柱仔奶奶家门的话，你看看门外挂着的水电表就知道了，那水电表上就写着“林柱仔”三个字。

别提这么一个逗趣的名字啦。当年柱仔奶奶办身份证啊户口本啊，局里人问柱仔奶奶叫什么名字。柱仔奶奶不识字，更别提说普通话啦，街坊邻居都喊柱仔奶奶叫珠子。柱仔奶奶就用家乡话直直地喊着“珠子”“珠子”“拎珠子”。可那局里人又听不懂家乡话，倒是直接音译过去了。其实柱仔奶奶有个很好听的名字 —— 林珠英。

“哎呀我说珠子啊，你也不看看你自己老成什么样子了哟。”

# 每当我想去流浪，你就站在湖水的中央

Mlln

看他继续一个人自说自唱的生活吧，不论用歌声还是文字，安静抑或聒噪，因为那种感觉都会像是落入大海的石头，一直潜到水底，触到另一块石头。

1

早早吃完晚饭，我在广渠门的夕阳下散步，看着一个个匆忙的表情在街上东奔西走。那天，太阳的颜色特别好，已经入秋，街边热气腾腾的包子不断向上冒着白烟，朝阳光相反的方向，最终融化在暖黄色的天空中。犹豫了一下，我走进一家火车票代售点，里面坐着一个半熟脸的中年男人，旁边还有一个非主流的打工妹。我冲他笑了笑："还有没有明天去太原的火车票了？"里头的哥们儿认出了我："去五台山？国庆的火车票都特别紧张，我帮你看看吧。"然后一脸慌张地看着我，"要不要，要不要，出最后几张票了！"

我说多少钱，他说要不要！

我说："要。"

就这样，第二天清晨七点，我踏上了开往太原的火车。我想，这其实不过是被生活的琐碎压得喘不过气，要掀开盖子看看外面的世界罢了。

火车上并没有许多的人。我背上了一个半人多高的登山包，在整个车厢里显得格格不入。火车发动的那一刻，车窗外的景色缓缓流动，如同被冲刷的一潭死水。我想，我要离开我的生活，哪怕只有一段时间。

火车穿过山谷的时候，天晴朗的很。车窗中上演着一部有关风景的电影。我突然想，人生如它一样，从不接受剪切。山谷慢慢变成了平原，有时还会经历一条漆黑的隧道。嗯，在隧道中，火车的轰鸣声总会更加明显，我们在失落之时，不也会对生活的细节无以复加的敏感吗？

然后，车窗外出现了朦朦胧胧的城市，近处还有一些七扭八斜的破房子，大大小小堆砌的钢筋，火车道旁偶尔还会站着一个孩子，脸红扑扑的，看着火车从他心中穿过。

2

高中的时候我和朋友说，我想成为一个诗人。朋友说：“你丫还敢牛 × 一点儿吗？”毕业后，在酒桌上我小心翼翼地说：“想想看，做一个诗人没准儿也挺好的。”朋友端着酒瓶递给我的杯子，好像什么都没听见一样：“来，咱再走一个。”

走就走吧。我会和大多数人一样，或者说，大多数人也会和我一样，我们都会成为地铁里面的三明治，看到街上不扶把骑车的孩子还会忍不住和他们说这太危险。鞠萍姐姐已经在老毕的节目里客串唱上京剧了，董浩叔叔在肥硕的肚子上系上一条围裙开始教大妈炒菜了。我们也该长大了吧。

在五台山上，我认识了一个在甘肃做服装生意的男人，比我大十三岁。我们在长途汽车上聊着彼此的生活，挤在一起睡了一宿六十元钱的旅店，山上很冷，我买了一瓶小二，边走边喝。他不喝酒，他说：“我是来给我媳妇儿还愿的，要心诚。我们一直想要一个孩子，总要不上。前几年她来这里许了愿，结果不到一年，孩子怀上了，现在都两岁多了，还会说英语、背唐诗。我总带他去家门口的公园玩……

我们躺在屋子里聊到半夜，我说：“孩子一定很可爱吧。”他面孔严肃起来，说：“孩子总能带给家里好多乐趣。”我问他：“你看公园里的小动物，冬天它们会不会冷啊？你猜孩子说什么？‘它们不会冷，因为我的妈妈给我买了羽绒服，它们的妈妈也会给他们买。’”他说：“我当时觉得有这么一个孩子特别幸福，出去再累，我也值了。”

3

我并非是一个“旅游”的人，贪恋的并非景物，也没有什么愿望可以许。我满足自己的生活，保持善良，想做一个普普通通的小人物。

我想我是在旅行，或者是短暂的流浪，我并不理会五台山的村民有多么奸诈，骗术有多么高明，也不在乎庙里的和尚推荐了什么价钱的荷花和高香。我权当是一种旁观的姿态，看着这些和我一样的小人物如何精心盘算着自己的生活。早晨五点，我被同行的哥们儿拉出旅店，说他要烧头炷香，要我陪他。

刚一出旅店的大门，后面便跟上来一个村民，说要推荐我们便宜的地方买香，然后把我们带到一家临街的小店。他等在外面，抻着脖子看我们买了什么。我和那个哥们儿说：“你去买吧，我不许愿，就是随便转转。”

这家小店码放着大大小小的香火，店家是大嗓门儿，操着浓重的口音说：“你要想许愿，就买‘有求必应’香；要是许一整家子，就买这种全家许愿香，这可不能买错了。”

我忍不住扑哧一乐，妈的，这不都是某个小地方的工厂里，几个一脸倒霉相的工人包装出来的，佛祖哪里会认得他们。但我只知道，价钱不过是人心中的一杆秤而已，称称自己的愿望有多么的重。是的，愿望有多重，梦想就离现实有多么的远。

4

我们也曾是孩子，会长水痘；喜欢换牙的时候用舌头舔；喜欢上邻居的小女孩儿，偷偷跑到她家里，一起看大力水手和他的姑娘屡屡战胜一群傻帽儿。

我们心中的世界是五彩笔画成的，但是长大之后，我们总会发现这个世界，并非书本上说的那样——小白兔原来不会自己拔萝卜，电视上的童星们也并不是在冲我一个人微笑。总有一个晚上，我们觉得自己完全不懂这个世界，过往都是年幼的差错吗？嗯，这些并不重要，我们安慰自己说，那都是属于我们记忆的符号，伴随着我们度过不经世事的童年。

然后我们长大了，习惯了用无比险恶的眼神审视这个世界。然后，世界又总会用出其不意的手段让我们知道，原来它比我们想象的还要险恶。童星们像流星般陨落，他们有些还要背负着少年时的印记活上一辈子，被人指指点点，惊声尖叫，甚至你忍不住摸摸他的脑袋，妈的，这就是电视里那个西瓜头的小伙子啊，怎么变成这样了，哎呀——然后一定是一句歪里歪气的感叹——时间过得真快。

时间的确很快，我们都老了，邻居姑娘也变成如今的大嫂了，被什么东西都摔过跤了。偶尔想起毛爷爷在语文课本上对我们说，世界是我们的，也是你们的，但归根结底还是你们的。可是，归根结底，它分明谁的都不是。

5

在太原的最后一天，我一个人来到汾河旁，看着夕阳从城市的胸膛中穿过，耳朵里听着宫傲的音乐：

“……你是否我也曾俯视理想仰望现实。你是否也会哼出一段好听的旋律，却总也找不到该唱给的人。我不知道为什么有时我伤感，我常常走着走着忘记了要去哪儿……”在汾河边，就这样，阳光落入水中，而他唱进我的心底。别人唱的是某段时光，他则陪着我度过整个青春。

偶尔变奏，如今开花结果。

我在本子上写着，我多想撑着一只船，慢慢地走向你，顺便，这只船也会一点点划开，湖水心中的秘密。这便是我的人生吧。

不论如何，文字都是这个世界的修饰品，生活是无比具体而琐碎的藤蔓。所以，看他继续一个人自说自唱的生活吧，不论用歌声还是文字，安静抑或聒噪，因为那种感觉都会像是落入大海的石头，一直潜到水底，触到另一块石头。

那时，一阵心悸。宫傲唱道："你是否也会曾突发奇想，去远方流浪……"是的，每当我想去流浪，你就站在湖水的中央。

# 我 与 烟

鼠尾

也许烟给我带来的只有暂时的躲避，以及不真切的安慰。也许我已走过那最莽撞和狰狞的阶段。而真实的生活，远远比麻醉和堕落要丰富得多。我庆幸一路向前的时候，能愈走愈清醒，拨开迷雾来到彼岸。

最初，尝试抽烟是在闭塞到走投无路时，用来代替自残这种极端手法的。我躲在宿舍楼层的公共厕所里，弄得隔间里全是烟味，于是可以听到其他上厕所的女孩儿相互抱怨：“咱们楼层居然有抽烟的。”每次抽完，我走到楼道尽头的窗户处，打开窗户，让大风吹干净身上的气味再返回寝室。我拒绝让身边的人认识我最真实的模样，好似要被剥一层皮一般胆怯和羞愧。

抑郁时，如果独自抽一根烟，会使得这种情绪来得更气势汹汹，席卷覆盖一切，只能体会到心中那如洪水猛兽的杂念，冲刷得令人窒息。

身体也会随之迅速变得冰凉，一股寒气从下肢开始向上蔓延，甚至可以感觉到血液缓慢的流速。这一切，其实都无济于事。我不知道这是为什么，烟会让我更混乱，但我仍迷恋这个假象。

2012 年 9 月，是为考研备考的时候，我整天待在教学楼七层的教室里，通常只有我一个人。我把我的东西都装进大背包里带过来，把 CD 机、各种 CD、休闲看的书、复习资料都搁在桌上。学累的时候，我趴在窗户上对着下面的街道抽烟，这个时候往往会听后摇，那种深沉的迷幻和醉念，与烟凑在一起最让人痴癫。

有的傍晚，我会独自爬上楼顶，看见城市华美的夕阳。初秋的大风里，就一直坐着。我不清楚是什么在逼迫我，但我时常感受到一股将我拉至深谷的黑暗。有的晚上，我总是无法学习，躲在七楼一侧大门后，不停地抽烟，直到手脚冰凉，全身颤抖，无法动弹。我的挣扎，全都压在心底。只有用刀片在手腕上划几道口子，才能让我解脱一些。

在放弃考研之后，我独自去边疆旅行。在午后的小旅馆里，裸体躲在窗帘后面看着外面，抽烟，哭泣。在小酒馆里，喝了很多酒吃了很多菜。在人民公园，看大家野餐，有人在跳舞，有人在唱歌。在喧闹的烧烤店里，独自守着一个烤炉，肿胀着双眼蹲在座椅上抽烟。所有的无法诉说的，都交给了烟。

那些时间，是那么难熬。

后来，我遇到了蓝，我们在 × 镇打工时相识。她是个看起来洒脱快乐的女孩儿，与男人们称兄道弟，与女人们也亲如姐妹。我们在下班的路上，常常互相点一根烟，说一些自己的故事。路很长很长地铺展着，两旁的香樟不停地随风落叶。

她只抽“520”和“Esse”：“‘520’是我的至爱，不论粗细还是长短，可惜这里没有卖的。我只好抽‘Esse’。”我嘲笑她，这样细的烟，弹灰都怕弹断。

有她陪我抽烟，我从此再无独自抽烟时的辛苦。我想，也许是她帮我打开了一个出口，使得所有情绪得以流泄。而我自己，暂时还无法承受得住。

和她在一起的日子，是我最为肆无忌惮的。夜里十点下班后，坐在街头吃夜宵，我可以把脚搁在桌子上，斜躺在凳子上抽烟。我大声笑，穿邋遢的肥裤子和球鞋。好似那个被人际和生活拘束着的淑女，与我无关。

那个我辞职离开的夜里，她坐在我对面的床上，一直说，抽完这根烟就去睡。可我的一根结束，她的一根又起，就这样直到抽空两包烟。告别的时候，我对她说：“来日方长。”她回答：“来日方长。”日后，她回到了可以买得到“520”的地方，我从“万宝路”改成了“555”。没有机会再见她。

再后来，我爱上了一个女孩儿。她喜欢看我抽烟的样子，痴痴地看着，又拿打火机懵懂地帮我点烟。我和她在一起时，体会到前所未有的轻松。也许这就是同性间的相知——她给我相对的自由，使我如鱼得水。

三月末的上海，白色的丁香花初开，我摘下花枝，捏在手上，与她挽手相行。下着春雨的晚上，我们在细雨中奔跑，我打开刚买的“万宝路”，她给我点上。这时，我已经有了很重的烟瘾。但她说，我喜欢你抽烟。

我们坐在泰国餐厅的角落里，中间隔着一桌子的菜，一直注视着对方的眉眼。服务生一直在不远处暧昧地笑。

我们的时间，总共只有三天三夜。要离开的傍晚，我捉住她的手，急切地说：“我再留一夜好不好，再留一夜？”她却毫无征兆地大哭起来。还是走了，我们在汽车站人烟稀少的角落里接吻。我们也再也没见面。

再再后来，我与他在一起生活。第一次约会的晚上，我们去了酒吧，我把三盒不同的烟摆出来放在桌上，他微笑。酒醉至欢，我掏出巧克力。我们在巧克力苦涩的甜蜜里相吻。那一夜他把我带回家，边脱我的衣服边在我耳边说，我爱你。我不屑。

可是，到现在，我已与他生活在一起一年余久，他是我生命中的一盏明灯。

有时，我们走路去常去的酒吧，点一杯酒，说一些话，我抽一根烟。恰到好处后再离开，牵着手，踱步回家。有时，他载我去城市老区，看我喜欢的老式建筑，吃一些老味小吃。有时，与闺密喝醉后，他在饭店外等候，送我们返家。有时，我们一齐去花鸟鱼市场，选购合适的花盆。

我开始愿意为他学习做饭，把饭菜摆上桌，再喊他来吃。也把收集的布铺在桌上，在花瓶里插上干花。

我们常常一起去小卖店买零食和冰激凌，以至于老板一看见他一人去就问，你媳妇呢。

一起去租车位的时候，中介笑着说：“你们小两口以后也得生孩子吧。”

他使得我的生活有了安定的意味，使我看见另一种幸福的可能。

他从未反对我喝酒抽烟，但渐渐的，我已不需要香烟的陪伴。也已很少再想主动买醉，麻痹神经，逃避问题。

也许烟给我带来的只有暂时的躲避，以及不真切的安慰。也许我已走过那最莽撞和狰狞的阶段。而真实的生活，远远比麻醉和堕落要丰富得多。我庆幸一路向前的时候，能愈走愈清醒，拨开迷雾来到彼岸。

# 魔　塔

陈谌

“欢迎来到魔塔，勇敢而无畏的人。”

1

我从疼痛中逐渐苏醒过来，恍惚间我推开压在自己身上的尸体，挣扎着从地上爬起想要寻找我的剑，但是身后灼热的火焰让我没有办法在原地逗留太久。随着空中传来一声沉重低吼，巨大的阴影遮住了月光，我抬头看见受伤的巨龙正在盘旋降临，于是匆忙间我随手抽起插在地上的一柄剑，向魔塔的入口狂奔而去。 然而巨龙还是先我一步挡在了大门前，口中燃烧的烈焰在蓄势待发，它腹部一条长长的伤口还在向外溢出暗红色的灼热血液，每次滴落在地上都会嘶嘶地蒸腾起烟雾，像是浸入水中岩浆一般。

随着它的步步逼近，我握紧手中的剑无奈地向后退着，蹒跚间我被什么东西给绊了一下，低头一看才发现原来是一具烧焦的尸体。而我这才环顾到周围的一片惨状，所有同行勇士们都已经全军覆没了，只剩我孤身一人侥幸生还。

“就这样结束了吗？”我问我自己道，虽然我知道事到如今这几乎已经是一场不可能赢得的战斗，但我却依然不愿就这样放弃自己的使命，毕竟我甚至都还没见识到这神秘的魔塔究竟是何方神圣，魔塔的主人究竟是怎样的一个恶魔。巨龙此时猛地朝我扑过来，我奋力向前一跃，勉强躲过了它的攻击，它扑空后撞断了一根石柱。正当它转身准备再次攻击时，塔顶忽然射下一道强烈的闪光击中了它，它发出一声凄厉的惨叫，像是受到了巨大的疼痛，那声音让大地都为之战栗。过了一会儿，它抖擞精神展翅飞向了空中，盘旋了几圈后，终于越飞越远，消失在了无边的夜色里。

我好不容易才从这突如其来的逆转中回过神来，起身向入口走去。

用力转动铜质的机关，两人多高的大门缓缓地打开了，我深吸一口气走进魔塔，里面却是死一般的寂静与黑暗。我摸索着向前挪步，无意踩到了一块突起的石砖，身后的大门瞬间便“砰”的一声关闭了，与此同时墙上燃起的火焰也顿时照亮了我的眼睛。只见塔中心躺着一块巨大的石板，上面刻着的一行快要风化的字依稀可辨。

“欢迎来到魔塔，勇敢而无畏的人。”

2

我生活的地方是一个富饶的王国，人们在这里繁衍生息了几千年，逐渐把这个王国建立成了一片繁荣之地。然而这个王国的中心地带却是一片荒芜之地，险峻的山脉簇拥着一个不大却很突兀的高原，常年被神秘的雾气笼罩着，而这里隐藏着属于这个王国最大的秘密：魔塔。

我最初听说魔塔的传说是在儿时，那时候长辈们都会聊着距离现在最近的一次讨伐，也就是几十年前惨烈的“赤焰讨伐”。魔塔从古至今都掌握着这个王国的晴雨，传说魔塔总共有二十一层，顶端居住着上古魔王，所有王国的人必须在每年的第十个月圆之夜向魔塔进贡美酒和美食，以祈求这年的风调雨顺。但魔王表面上和人们进行着这样的交易，却也时而不信守自己的诺言，每隔一段时间就会令王国承受旱灾，但只要不是到民不聊生的地步，人们依然会隐忍着，安心过着自己的生活。

几十年前，王国无端足足大旱了八年，所有作物颗粒无收，无奈之下国王召集了王国里所有骁勇善战的勇士组成了一支精锐部队向魔塔发起了讨伐，试图攻下魔塔杀掉魔王。但最后那支部队遭到守护魔塔的巨龙的强力阻击，全军覆没。然而魔王却似乎像是被威慑到了一般，这几十年来再也没有不遵守过诺言，风调雨顺的王国也重新富饶繁荣起来。

当时的我觉得魔塔是如此的陌生而遥远，也未曾想过自己有一天将会走入这片神秘之地。我曾经好奇地问村里的长者道，魔王真的如此可怕，强大到不可击败吗？长者笑着对我说，其实后来人们发现，每年的第七个月圆之夜，都是巨龙沉睡的时候，那个时候是进入魔塔最好的机会。但是由于王国已经很久都没有什么旱涝之灾，大家也不愿去冒这个风险去把魔王彻底消灭了。毕竟没有人真的渴望战争，除非到了不得不战的时刻。

但少不更事的我却抱有一个天真而美好的愿景，那就是杀掉魔王，推倒魔塔，让这个王国再也不用把繁荣或是衰败的命运交给别人掌控。毕竟如果没有了魔王的掌控，就再也不会有人给我们降灾了。可这些年一切的一切都是那么的美好，让我几乎忘却了还有魔塔的存在，还有一个住在魔塔第二十一层的魔王。

然而这次的大旱是如此的严重，以至于已经连续三年都没有下过一滴雨了，地里的作物被灼热的太阳炙烤着，人们只能眼睁睁地看着它们颗粒无收，饥荒与恐慌开始在王国内蔓延。国王迫于压力日日愁眉不展，终于还是在上个月发布了讨伐令，召集所有国内骁勇善战的勇士，挑选出其中最精锐的五十人进行选拔与训练，并在今年的第七个月圆之夜对魔塔进行讨伐。

我是最终有幸通过选拔的五十人之一，我们在出征前接受了为期一个月的秘密训练，除了严格的体能训练和战斗训练外，还包括严密战术制定。然而奇怪的是我们却没有被告知任何关于之前讨伐的历史，似乎这是王国的一个机密一般。

3

我们用了七天时间到达了魔塔之下，而这天夜里正是今年的第七个月圆之夜。原本一切的安排都在计划之内，却没想到我们在最后关头不慎惊醒了巨龙。

由于大家当时都没有做好任何的战斗准备，巨龙的一口火焰就已经烧死了正面的将近十个勇士，剩下的我们只能分别绕到两旁从侧翼同时进攻。

巨龙足足有三个人那么高，展开翅膀后更是能将三个勇士扇到十几米开外。我们在和它的搏斗中伤亡惨重，我也是在那时失去了意识，巨龙也在消灭了所有的勇士后飞到了空中，直到它发现了侥幸生还的我。

现在的我正站在塔一层的大厅中谨慎地观望着，这里并没有我想象中的那么阴森潮湿，相反却因为很好的通风保持着舒适的干燥。我小心地摸着魔塔中间石板上的字迹，估摸着这应该有上千年的历史了，却依然保存得如此完好。

我绕到石碑的后面，发现上面刻了七个词，分别是“力量”“混沌”“恐惧”“腐蚀”“智慧”“幻象”和“无尽”,像是什么神秘的暗语。

我观察了一下整个一层的情况，并没有发现什么异常的地方，宽阔的大厅中除了这个石碑以外便空无一物，只在对面的墙角有一个旋转向上的楼梯。我深吸一口气，握紧手中的剑开始小心翼翼地沿着阶梯向上。

刚进入二层大厅，我就被眼前的景象惊呆了，整个大厅被一个巨大的池子隔开两边，池子里有银色的液体闪着诡异的光，而通往三层的楼梯在池子的对面。我撕下一小块自己的衣服，丢到了池子中，原本平静的液体开始剧烈地泛起气泡，瞬间就把这块布给融化了。

“这就是‘腐蚀’的含义所在吧。”我自言自语地在池边蹲下，想着自己如何才能在没有任何工具的情况下通过这里。我抬头看了看上方，距离上一层的底部非常的高，没有任何从上面通过的可能，这样看来只能试着沿着墙壁过去了。

然而我当起身来到墙边时，却发现这里被挖出了许多的砖块，完全可以利用着这些空隙慢慢攀爬到池对岸去。于是我心中一喜，将剑别在腰间，开始自己的尝试。虽然这是非常危险的一个挑战，一旦失足跌落就会落得尸骨无存，但这对我而言其实并不是多难的一件事情，仅仅只需要费一些时间和力气而已。

当我的一只脚踩在了池对岸的地上时，我心里长舒了一口气。但我也莫名觉得这里面有些蹊跷，这必定不是魔王的设计，而是之前进入魔塔的先辈们一点儿一点儿开辟出来的道路。也就是说不仅仅是有人，而且是有过不少人进入过魔塔，只是最终都不知去了哪里。

通往三层的阶梯窄而长，像是没有尽头一般，我绕了不知多久才终于看到三层的入口，然而我发现三层竟然有着和二层一模一样的一个池子。错愕间我莫名也有些释然，心想这好歹不是什么新的挑战，于是我照例来到池子的边上，发现这里果然也有被前人开辟出来的通道。我搓了搓手，再次开始攀爬，过了好一会儿，终于来到了池子的对面。

再向上走了一层，我发现这里竟然还是和三层一模一样的场景，但当我第三次开始沿着墙壁攀爬的时候，我猛然发现了事情的蹊跷，那就是砖块被取下的位置似乎是完全一样的，毕竟经过了前两次的攀爬，我已经对整个攀爬的过程有了印象。

我有些慌张地往回爬，在快要回到池子边缘的时候脚底一滑，差点儿掉进了池子，把我吓出了一身冷汗，但我还是努力平静下自己的情绪，气喘吁吁地回到池边，然后开始思考这里面的原因。

静静坐了一会儿后，我忽然想到了些什么，猛地把剑插在了池边的地上，然后快步跑回了下面的那层。当我站在池边，借着火光向对岸张望的时候，我像被闪电劈中一般呆呆地立在那里说不出话来。 池对岸插着的正是我的剑。

4

这个时候我已经无法用任何方式来形容自己的惊慌与迷惑了。我本以为我已经向上走了四层，但没想到其实是一直在绕圈，而且是一个相当诡异的圈。我无论是向上走还是向下走，最后都只能回到同一层。我这才意识到我并不仅仅在挑战“腐蚀”，而是比“腐蚀”更加无懈可击的“混沌”。

我闭上眼睛仔细想着自己该怎么做，可是我感觉自己现在就像是在一张卷纸上行走的蚂蚁，无论怎样挣扎也不能逃离这张纸的表面。我觉得头晕目眩，开始有些意识模糊，我用衣服擦了擦自己头上沁出的汗水，却又再次觉得有些异样。

我清晰地记得自己刚才把衣服撕下一块来丢进了池子里，可是现在为什么又复原了呢?

我检查了一下自己的衣服，发现真的没有任何破损的痕迹。

我摇了摇头，又敲了敲自己的脑袋，努力回忆自己刚才从二层究竟是怎样上到三层的，我好像走了一段很长很长的楼梯，可是那段楼梯似乎长到有些不可思议，以至于甚至让人想不起整个过程来。“这一定是幻象。”我忽然意识到自己或许犯了一个巨大的错误。这只是魔塔的“幻象”。这无限循环的楼梯，不过是我自己产生的臆想。这一切都并不存在，一定是我在走向三层的过程中被什么东西蛊惑了。

想到这里，我决定往池子里跳，用最极端的方式来破除这一魔咒。但我却又对自己产生了深深的怀疑，万一这不是幻象怎么办，万一现在的我才是清醒着的怎么办，岂不是真的被池子吞噬了吗？对于死亡的恐惧开始在此刻笼罩着我。

“这都是这个该死的塔玩弄的鬼把戏，不要害怕。”我用颤抖地声音安慰着自己，然后咬紧牙关闭起眼睛开始助跑，往池子中奋力一跃，随着身体的坠落，我的意识瞬间就消失了。

当我醒来的时候我发现自己不知为何竟然躺在一层的大厅里，而我的剑还握在手里。我艰难地起身环顾四周，觉得自己没有死真是莫大的幸运，然而我也感到一丝无可奈何，因为这或许恰是魔王的计划，它成功地拖住了我的时间，我费了如此大的劲最后竟然再次回到原点。我有些绝望地叹了口气，看了一眼通往二层的阶梯，然而我却没有勇气再次往上走，因为我不知道自己究竟还会不会继续被幻象蛊惑。

我有些失落与无措，却依然没有想要放弃的念头。我努力在一层四处寻找着，想要看看有没有什么机关，最后发现一面墙壁上有十个兽首形状的浮雕。

我试着去转动每一个浮雕，发现只有最左边的一个能够任意转动；可当我转动第一个浮雕后，第二个也可以转动了；而第三个浮雕却需要在第一个浮雕复位的情况下才能够转动。我研究了很久才发现这原来是一个谜题：每个浮雕都被它左边所有的浮雕以精密的机关牵制着，转动或者复位某一个浮雕，都必须进行来回反复的操作，而且越往右，所需要进行的操作就越多，每一次都要比上一次整整多出一倍，第一个是一次，第二个是两次，第三个是四次……要转动最后一个浮雕，总共要操作超过五百次。

这是一个很漫长的过程，我必须保持足够的耐心，并集中注意力，一旦出错，就需要花很长的时间才能回忆起自己刚才究竟转到哪一步。但我在解这个谜题的时候，却无端想起自己儿时玩过的一种游戏，这是我们王国一直流传下来的一种玩具，上面的每一环都紧紧相扣，每多解开一环就要付出比上一环更多的努力，和这个机关的设计几乎是异曲同工。

当我最后成功转动第十个浮雕时，我已经累得瘫软在了地上，而浮雕背后的墙体此刻也开始缓慢地移动起来，渐渐形成另一条通往二层的阶梯。我兴奋地拿起剑从阶梯向上跑，绕了好多圈才看到出口，而我惊讶地从这个出口看到了天空。我走到阶梯的尽头才明白，原来这里是魔塔的一个露台，我抬头向上仰望，塔顶高耸入云，根本看不见尽头，平滑的外墙上只有一个直接通往魔塔顶端的梯子。

我心想，看来我想要到达魔塔的顶端，只能沿着外墙这样一点儿一点儿地爬上去了。

然而当我真正开始尝试的时候，我才知道究竟什么是“恐惧”的真正含义。尽管我努力让自己不往下看，但高空凛冽的大风几次将我刮落。我小小心翼翼地一步一步向上攀爬着，却一直也看不到塔的顶端。我无意瞟了一眼脚下的高度，双脚顿时便软得无法动弹了，而我腰间的剑也掉落了下去，过了很久都没有听到它落地的声音。

我紧紧抱着梯子瑟瑟发抖，不知在半路停留了多久才开始继续攀爬，我知道自己已经没有退路了，再拖下去又冷又饿的我很快就要体力不支了。但我心中也存着深深的焦虑，毕竟我甚至连魔王的脚趾头都没见到就已经被折磨成了这样，连剑都没有了，我怎么和它战斗。

然而最终，我还是成功爬上了魔塔的顶端，一个巨大的广场上画着一个神秘的魔法阵，广场后面有一栋金碧辉煌的建筑。穿过广场，推开了沉重的门，映入眼帘的是一条非常宽阔的通道，旁边有许多房间。我依次打开它们，发现左边的房间放的都是美酒和食物，右边则堆满了遍地的骸骨。

5

我缓缓走到通道的尽头，那里有一个不大的房间。我推开门进去，一个老者躺在床上，看起来很虚弱。

“你终于来了，年轻人。”

“您是谁？魔王在哪儿？”我连忙走上前去问他道。

“我等你三年了，你扶我起来吧，给我倒杯水，我慢慢和你说。”

我连忙将老者扶起，从桌上的瓶子里倒了杯水给他。我闻了闻，这竟然是我家乡特产的酒。

“这是贡品？”

“对，没错。这么多年我正是靠着这些贡品在生活。”

“你难道是……”“是的，我就是魔塔的主人，也是‘赤焰讨伐’唯一的幸存者。当时我侥幸活着来到魔塔顶端，但我发现这里根本就没有什么魔王，只有一具尸体和一个笔记本，上面记载了关于魔塔的所有秘密。”

我简直有些不敢相信自己的耳朵。“魔塔是几千年前由王国所有人共同建造的，它是一个图腾，也是一个机器。它的建造是为了控制自然降雨的无序状态，以保证这个国家的风调雨顺。但这个机器需要人为的控制，因此它总有祭司在驻守。

“广场上的魔法阵就是祭祀的地方。每隔一段时间，祭司就会在广场祈雨，巨龙则是人们为了给祭司送贡品才驯化的。之后在漫长的岁月里，由于魔塔对于我们王国的重要性，曾在战争中屡次受到攻击，后来王国秘密对魔塔进行了改造，魔塔变得可以抵御入侵者，巨龙也有了攻击性。”

“原来是这样。”我恍然大悟，原来击中巨龙的闪光原本是用来对付敌人的，而兽首浮雕的复杂设计则应该是友方通往塔顶的密钥。

“但是后来情况渐渐发生了变化，由于某个祭司发现自己掌握着王国至高无上的权力，他渐渐开始用很久不祈雨的方式来求得更多的贡品，而魔塔改造后的机关重重让普通人根本无法靠近。这个祭司死后，王国试图派另外的祭司去接任他的工作，但人们发现魔塔本身却已经完全失控了，扭曲成了一个杀人的机器，巨龙变得嗜血，机关开始攻击所有进入的人。所有原本用来保护人们的东西都变成了杀人的工具。”

“那后来发生了什么？”

“后来就有了‘讨伐’，这是王国对于魔塔改造失败的借口。他们说魔塔是被魔王占据着的，魔王制造干旱是想要威胁我们。然而魔塔本身根本就不输出干旱，而是输出降雨，只有当魔塔顶上没有人的时候才会发生干旱。所以挑选出的全国最精英的勇士都是用来挑战魔塔机关的，当其中有人最终成功登上魔塔的顶端他才会明白，他并不是来杀死魔王的，而是成为‘魔王’，成为魔塔的主人。”

“所以这些年一直都是您在这里祈雨？”我感到万分的惊讶。

“是的，这里的笔记记载着祈雨的方式，然而我的代价就是，一辈子也不能离开魔塔，一旦我离开这里，王国必然干旱，而到时候还会有更多的勇士被派来这里送死。于是我便接下了这个工作，一做就是几十年。然而我已经快要老得不行了，已经三年没有下过床了，我知道就要有人来接替我的工作了。”

“难道说……我……”

“是的，你记得魔塔的七个考验吗？巨龙是‘力量’，池子是‘腐蚀’，你一定也被‘幻象’蛊惑而经历了‘混沌’，当你解开‘智慧’的机关爬过‘恐惧’的天梯到达这里时，就是魔塔对你的最后一个考验‘无尽’了。你会被永远困在这里，直到你生命的终点。”

于是我便明白了这残酷的真相，与其说魔塔在杀人，不如说魔塔在用它的方式挑选适合它的人。无论是在‘讨伐’中牺牲的勇士，还是最后困死在魔塔顶端的人，他们都只是这个巨大机器的一个小零件而已。

这个机器已然无法控制，它在不停地吃人，却谁也无法推倒它，更没人知道它背后的秘密。但讽刺的是，最初将魔塔建造起来的恰恰是我们自己。

我让老者躺下，自己拿起笔记转身向广场走去。我想，无论怎样，这个王国已经很久没有下过雨了，我不能再让更多人承受饥饿，让更多的勇士前来送死了。

但路过那一个个房间的时候，我却深切地明白：总有一天，我也将成为这一具具白骨中的一个，而这个机器的杀戮，将永无止境。

# 逃 跑 的 木 偶

里则林

生活的骄傲来自弱者的崛起，失败者的逆袭，但也来自他曾努力地出类拔萃站上了高处，虽然最终因不可抗力的因素无法再站在那里，还来自他突然觉得累了，不想背着那些光环了，不想再把内裤外穿了。就像一只木偶，突然挣断了所有线，虽然看似狼狈地瘫倒在地，但没人知道他内心找到的自由。

我爹地青春年少时，做得最多的事情就是扎着马步搬煤和弹棉花。我青春年少时，做得最多的事情就是跷着二郎腿听我爹地跟我说他像我这么大时每天怎么搬煤和弹棉花，所以大家都不容易。但其实和姑姑们待久了，就知道我爸每次面色凝重地告诉我那坚韧不拔的少年时代，其实都是用“去其糟粕取其精华”的方式向我传递的。比如他从来没有告诉我，爷爷奶奶有时为了孩子们能健康成长，偶尔会放几个鸡蛋在饭里面一起煮熟，但我爸每次都趁人不注意在鸡蛋下面敲个小洞，然后把里面的东西吃掉——用一种我们永远不知道怎么做到的方式，接着在蛋壳里填进米饭，放回原处。于是吃饭的时候，经常是一个见证奇迹的时候。爹地的其他兄弟姐妹一敲开鸡蛋，“哇”的一声就哭了，被里面堆满的米饭吓哭了。

这个时候爷爷筷子一甩，准备一巴掌扇向我爹，可他早已经百米冲刺跑到村口了。因为锻炼得多，爆发力好，在学校是体育小能手，所以后来空军在粤西地区选拔空军飞行员的时候，我爸被推荐去参加选拔，参加了许多奇葩的测试，包括原地转个天昏地暗再被要求走直线。在其他同龄孩子纷纷坚持不住时，爸爸坚持到了最后，毕竟他是吃掉了一整个家庭的鸡蛋的男人啊。

最后整个粤西地区，爸爸和另外一个不知道哪个村的少年一起通过了选拔，未来都将成为飞行员，也因此成了那个年代的选秀冠军，身价倍涨，满街都是粉丝。毕竟那个时候极少部分的人才能骑个单车，顶破天一个摩托。

要是祖上积福加上祖屋风水好的话，也许有生之年能摸一摸解放牌大卡车。

可爸爸他以后能开飞机，在身边的小伙伴还不知道飞机是什么的时候，他居然以后能开飞机。换个位置思考一下，我简直就没有形容词能形容这种傲骄了。

在爸爸大红大紫的一两年前，同村还有一个同龄少年，叫阿驼。当时发洪水，一位农民牵着家里仅有的一头牛从桥上过，洪水席卷而来，农民惊慌失色，自己先跑开了，牛站在桥上，绝望地“哞”了一声，然后被冲进了河里。

阿驼当时就在旁边，话说少年有热血，又方又刚，二话没说，因为来不及。

他纵身一跃，跳进了河里，抱着牛，就随着河道流向远方。

阿驼的父亲抽着竹筒烟，听着村主任告诉他儿子出了事故。听完事情缘由。

他老泪纵横，大喊了一声：“他是烈士啊！”

但是三天后，下游一个洗衣服的老大妈在河滩发现了阿驼，旁边站着一头牛。当阿驼牵着牛出现在村口的时候，全村人夹道欢迎。其实到最后人们都不知道是牛救了阿驼还是阿驼救了牛，但人类毕竟有很强的主观能动性，所以他就被封为了救牛英雄。

洪水救耕牛的事迹迅速传播开来，阿驼挂着红丝带，被拉到附近大大小小的村镇做“关于人民的财产高于一切，甚至高于人民的生命”的演讲，每次结尾总有那么一句：“如果再让我选择一次，你们说我跳还是不跳？”下面的花季少女全都双手做喇叭状，面红耳赤地大喊一声：“跳！”然后全场响起热烈的掌声。

阿驼作为一个传奇，是那时候当地最火的青春偶像。可后来爸爸火了以后，阿驼相形见绌，显得有点儿过气。阿驼只能逢人便说：“那是我没去，你看，洪水都淹不死我，还被我救了一头牛，那点儿小测试算什么？”

爸爸抱着一颗“you can you up，no can no BB”的心态，从不理会他。

平时邻里邻村间还有些同龄女孩儿的父母，会经常来爷爷家沟通，这一下，再也没人来了，因为觉得我爸爸将来是要翱翔在天空的男子，实在高攀不起。

所以那时候呈两极分化，妙龄少女的父母们都喜欢阿驼；但妙龄少女本身却喜欢我爸爸，当然她们当初也喜欢过阿驼。世界上最无情的就是粉丝了。

我出生二十多年后，爸爸也不再是当初那个少年。据我观察，爸爸并不是一名飞行员，甚至没有当过空军。而且爸爸每次跟我讲到这段往事，也只是讲到很火这段就戛然而止，甚至关于阿驼也没有了后续。

十八九岁那年是我懂事以来头一次回到老家，姑姑带我去以前爷爷奶奶爸爸和姑姑们生活的房子。院子的一角有一个小房间，里面放着一个弹棉花的“巨大竖琴”，那就是爸爸年轻时的工作室。

到爸爸的房间，抽屉里全是些发黄的信件，还有一本很丑陋的笔记本，打开第一页，上面有一行字，一眼就能看出是我爸的字体，写着：“行遍天下路，看遍天下景。”感觉他渴望成为一只飞鸟。

我突然回想起了，小时候我家有一块小黑板，我爸爸没事就给我表演画画，但是画来画去，都是鸟，妈妈说：“因为你爸只会画鸟。”那时我还傻笑着回应：“怪不得生我出来就有鸟。”可笔记本第一页上那句话，是一句后来被画掉了的话，因为上面有横七竖八的几条横杠，感觉是一个青春年少时破碎的梦。

回到爸爸的少年时代。他被选拔上空军飞行员苗子以后，再也不用偷吃鸡蛋了，因为鸡蛋都是他的，还时常有村主任被上头交代的加餐，旨在保证他健康。直到一天傍晚，爸爸坐在低矮的瓦房下，时而跟人稳重地说几句，时而回头假装随意地应和着正在帮他收拾行装的爷爷奶奶，家门口偶尔有几个探头探脑的男男女女。因为大家都知道，爸爸明天要去空军基地了。

第二天一早爸爸和爷爷奶奶提着行装，走到村头，等待赶往镇上的汽车。再由镇上赶往市里去报到，后面尾随了许多同乡。但村主任一路小跑，越过片片梯田，穿过人群，气喘吁吁地大喊着：“不用去了，不用去了。”人群哗然，纷纷交头接耳起来。

爸爸的离愁瞬间烟消云散却旧愁刚去又添新愁。后来才知道，上头组织查了爸爸三代，发现有个舅舅在香港。那时香港还没回归，敏感的时期，凡事敏感，为绝“后患”，所以取消了爸爸的资格。

一个乡村少年飞翔的梦就此破碎，失落的爸爸也许就是每天坐在天空下，眺望正在翱翔的飞鸟，最后才那么会画鸟吧。

据说那段时间，爸爸一直没怎么说话，并且不愿意见人。那种心情是尴尬的，被推上了一个高处，供众人仰视，然后再被一把拉下来，并且一切都显得那么被动。但比这更令人尴尬的，是自己让自己在高处的形象轰然倒塌。

阿驼在两三年前曾洪水救耕牛，但两三年后的阿驼已经成年了。在又一次的洪水席卷而来时，村里被冲走了一个孩子，但人们第一反应却不是那个孩子是否还能活命，而是：“当时阿驼在旁边吗？”

阿驼当时确实和许多人一起在旁边，但没有一个人敢跳进汹涌的洪水里，包括他。他就那么站着，内心不可能不挣扎犹豫，但就一瞬间，也足以让炸弹把高楼炸塌。大家看着阿驼，就像大家那年在电视机前看着退赛的刘翔。

两位杰出的少年，在不可抗力的因素面前，突然惺惺相惜，后来成了好朋友，并在若干年后，爸爸出钱赞助了阿驼竞选村主任。当然这是后话了。

那段时间里，两人唯一感觉到的仅有屈辱和尴尬，那是一种青春年少时自尊心的自我作祟。后来爸爸努力读书，决心离开这里越远越好，所以也导致了我漂泊的童年和少年时期，漂泊到甚至别人问起我的老家时，我竟然一点儿印象都没有。而阿驼，后来总低着头，就像一个超级英雄把地球毁灭的责任揽在了自己身上一样。低着头久了，才得了个外号——阿驼。

最后，我想起了爸爸远走他乡许多年后，有一天他陪上小学的我参加一个英语拼写竞赛，赛制很简单，就是一对一 PK，胜者不断遭遇胜者，最后剩下两个人争夺冠军，我是其中之一，年级主任老师和同学都觉得我赢定了。

我那时既是大队长，成绩又出奇优异，可在第三个单词之后，我的耳机开始出现电流音，我只能一半靠猜，一半靠听地参加完比赛，最后输了。

宣布赛果时，我面红耳赤地从人群里走了出去。那是一种无以言表的尴尬，除了人群的目光，还有强烈的自尊心。我把原因告诉爸爸时，他思考了一会儿，只是说了一句：“没必要向任何人证明任何东西，因为这些对你没有意义。”

再长大一点儿，我见到了阿驼，是一个瘦削的中年男人。和爸爸一起喝茶时，他哈哈大笑说：‘那时看着那个洪水是真的怕了，不想跳下去，觉得毫无希望。”人的目光，是吸人膏血的吻。人群总会对你进行判定，但重点是，胜利者不会总是胜利，强者不会永远强大。就像刘翔，就像冯小刚，就像爸爸和阿驼。

生活的骄傲来自弱者的崛起，失败者的逆袭，但也来自他曾努力地出类拔萃站上了高处，虽然最终因不可抗力的因素无法再站在那里，还来自他突然觉得累了，不想背着那些光环了，不想再把内裤外穿了。就像一只木偶，突然挣断了所有线，虽然看似狼狈地瘫倒在地，但没人知道他内心找到的自由。

# 不 流 泪 的 母 亲

羊乃书

她不过是把那些眼泪都谨慎小心地收了起来，默默地涂在那些受伤的地方，选择身体力行地教会我，不论翻开下一张牌，面对的是什么，都要像株坚韧的芦苇，在长天大地的摔打中，稳稳地立住脚跟，从容应对。

不卑不亢，有礼有节。

我活了二十四年，从没见过母亲掉眼泪。

好几次，我都觉得她就要哭出来，可怎么过几秒，又极好地收束住了。

印象中，唯一一次见过母亲红眼眶，是外公和外婆离世。但她依然是节制的，全然不像别家老人去世，儿女们哭得呼天抢地，翻来滚去。

后来经历多了就知道了，那种夸张的演技派多半是秀给外人看，真正的大悲没有眼泪，身体里循环的每一滴水都是泪。

母亲出生在四川的小县城，家里五个孩子，她排行最末。外婆是大户人家的小姐，执意要嫁给身无分文的穷书生，气得父亲犯了心脏病，毅然当着家族所有成员宣布，与她断绝往来。

生活清苦，但外婆依然恪守着严格的家教礼仪。

单说吃饭一事，盛好饭不能将筷子竖插在碗里；等年纪最长的人动筷才能开始吃；不要嚼出声响；夹菜只能拣靠近自己的部分，不可以从底下往上翻；先离席一定要向桌上的长辈请示。

外婆先是生了三个女儿，生到第四个，终于得来个男孩儿，养到七岁，没撑过一场恶疾。思来想去，还是想要个儿子，便决定再生。新来的老四是女儿，其时外婆已不年轻，决定最后一搏，没想到来的还是姑娘，五朵金花从此诞生。

最小的孩子在家中，总是最得宠，而母亲从小便刻意不贪恋父母对她额外的照顾，能自己动手完成的事，绝不仰赖别人。

她念书时，担任班里的学习委员，成绩一直出类拔萃。接着，顺理成章地考上了城里的大学，从此离开家乡。

转眼就是毕业，她断然决定留在城市。

浮萍要落脚谈何容易，那时她不过是一个初出茅庐、涉世未深的小姑娘，没有积蓄、没有经验，还谈着一场天远地远的异地恋。

她去邮局，挂了封信给外婆，内容简明扼要，说因为表现优异，学校分配了一份理想体面的工作，准备在城里扎根。

外婆的回信抵达得很快，信中没有一个“不”字，但通篇历数着城市生活的难处：房子难分配，消费高，没有亲人照应，人事关系复杂。

母亲看过信，顺手从书架上拿了本书，夹在里面，没再复信。

父亲在沿海念研究生，两人仅能在寒暑假见面。层山叠嶂，江水浩荡，一纸飞鸿，来来回回诉衷肠。

母亲开始一个人打拼，高楼林立，车水马龙，没有嘘寒问暖，没有无微不至。在这里，每个人都有伟大的梦想，也有说不尽的苦衷。两年后，母亲怀孕了，而父亲还未完成学业，外婆之言果不其然兑了现。

她既要腆着大肚子坚持上班赚钱，又要操持日常的大小事务。单位给母亲分配的宿舍在一幢筒子楼里，一层十来户人家公用厨房。邻里知道母亲怀了孩子，做了好吃的，都热心地端一碗，帮她改善伙食、补充营养。人情之暖，缓和着生活的磨砺。

预产期提前，我出生的时候，父亲尚在赶来的火车上。

邻床的孕妇叫得撕心裂肺，家人跑前跑后，急得团团转。而母亲，独自躺着产房里，汗水浸湿枕头和被单，十指死死扣着床沿，紧咬牙关，一声不吭。

身边好多留在城市的年轻人，因为工作繁忙，便把孩子送回老家，请长辈帮忙照看。

头两年是实在没法子，太小，离不得人，只得拜托县城的奶奶费心。两岁，母亲便执意要接我回城，代际之间在教育孩子的理念上多少有出入，她觉得还是自己来更放心。

苦又苦在，我那时常常生病，一感冒就扁桃体发炎，一发炎就高烧。

有一晚凌晨，体温飙升到四十多度，突然之间，脸色发绀，牙关紧闭，手脚抽搐。母亲吓坏了，手忙脚乱地用毯子把我裹起来，撒开腿就往外狂奔。

夜色如墨，只余居民楼外几点零星的灯火，山影重重，一派草莽气。

她已经上气不接下气，喘得不行，脚底却不敢松懈，二十分钟，终于冲开医院急诊室的门。“医生，医生”，“医生”，那声音急促，带着不匀的气息，像是溺水者，伸出双手，扑腾在水面，想要抓住一根救命的稻草。

又是一夜，母亲提着一壶刚烧开的水进屋，我恰好出去，一下扑到她身上，人一趔趄，翻滚着的开水淋到我的左脚背上。

正值冬天，脚上还穿着厚棉袜，五秒之内，棉袜鼓了起来，脚背已经肿起了硕大的水泡。袜子和皮肤紧紧连在一起，脱掉袜子，势必连带着撕掉皮肤。她连忙把我带到水龙头下，隔着袜子，用大量凉水冲洗降温。

医生诊断属深二度烫伤，幸好送医及时，两个月后，伤口才慢慢愈合，留下疤痕至今。

学前班里有两个男生，成绩倒数一二名，不学无术，整日游手好闲。

某天下午放学，一走出校门，他们便尾随着我。重庆是山城，路面起起伏伏，弯弯绕绕。从学校回家的路上，要先经过几十步的上行阶梯，然后是一长串接连不断的下行阶梯。

油然而生的恐惧让我不由得一路小跑起来。没想到，他们竟也跑起来。我随即加快了步伐，他们也加快了脚步。

气氛瞬间变得紧张，不知他们有何企图，逃命一般，只顾倾尽全力往前跑。

情势越来越危急，慌乱中，我一脚踩在阶梯沿上，整个人滑了出去，顺着阶梯往下滚，一阶一阶，每一阶都沉沉地摔下去，发出钝重的响声。速度越来越快，我只觉得眼前天地回旋，大脑一阵嗡嗡，下意识想要团住身体，却无能为力。

那俩臭小子看到这一幕，也傻了眼，反倒不敢再追，朝另一个方向溜走了。

弄脏了衣服，身上青一块紫一块，回家肯定得有个交代。谎称自己走路看花了眼，摔了跤，母亲也没多过问，只是叮嘱以后多加小心。

躺在床上，辗转反侧，怎么也睡不着，越想越后怕。

半夜三点，我走到母亲的床边，叫醒她。

“明天我不想去上学了。”

“怎么了？”

“我害怕。”

“害怕什么？”

直到那时，我才一五一十地道出了原委。

母亲听完，勃然大怒：“明天我送你去学校，教训教训他们。”

“不要去！”在我心里，他们可是坏得无恶不作。

他们不仅敢不写家庭作业，拒绝回答老师提出的问题，公然在课堂上跟老师叫板，而且一旦他们看不惯谁，就可以随意拿起他的书包扔进厕所，撕坏他的课本，把文具盒里的笔都倒在垃圾桶里。

教导主任让他们请家长，请来了也无济于事，还是那副吊儿郎当

用了最先进的仪器检测，吃了最好的药，也不见明显好转。

前阵子，单位组织体检，一位老医生说她心脏的血流声听起来不对，怀疑是先天性心脏瓣膜缺失。她拿着老医生的预诊结果，去医院做了针对性的专门检查，医生大吃一惊："你竟然平安活到了四十多岁！"

"你爸上班顾不了那么多，我想着你过两天放寒假回来，能帮上忙。刚好早上心外科腾出一个床位，我就答应了。""嗯。"

我嘴上应着，心里打着鼓，那种不安与忐忑，或许来自母亲即将走上手术台，会面临的难测风险；或许来自要动真格地挑起家庭担子一部分的猝不及防。

手术安排在我到家之后的隔天，母亲已经住进了病房。

她穿着白底蓝条的病号服，病床旁放着一个小行李箱。她已经自己收拾好了所有用得到的换洗衣物，还有简单的洗漱用品，递给我一张单子，上面写着营养又简单的菜谱。

她知道，我那时尚未具备家事和厨艺方面的充足经验，有了这张秘籍，便不需费尽心思地想破脑子，要怎么解决她一日三餐的问题。

入夜，她决意早些休息，让我和父亲尽早回家。

次日，我推着母亲的病床进了手术室。

路上，她说，早就跟医生详细了解了手术的进行过程。一根铁丝，顶头固定着一块填补心瓣膜缺失的材料，从大腿根部的血管进入，绕过五脏六腑到达心脏，将材料精确定位安好以后，再由原路撤回。

我听得胆战心惊，她讲得却安宁平静，颇有一种什么大风大浪没见过，何惧区区一台手术的大将之风。

手术使用局部麻醉，母亲的意识完全清醒。她清晰地感受着铁丝进入了她的体内，然后两名主刀医生和两名护士配合着，通过仪器显示的身体内部画面，操控着铁丝的走向。

“向上，好的，接着向左一点儿，没问题，往右来一点儿。”

候在手术室外的我，大脑一片空白，一时间许多往事涌了进来，然后又像一枪烟雾，全部飘散开去。

而我竟然是因为母亲手术卧床，才发现了许多生活的奥秘。

穿衣洗漱，十分钟边吃早餐，她边在身后给我扎马尾辫，每次都梳得跟体操运动员一样油光水滑，紧紧地束在脑后，一缕头发都不会飞出来，疼得我嗷嗷叫。

可是，她也是第一次做母亲，面对我刚出生整夜整夜的号哭，是饿了还是冷了，尿了还是病了，都是一步步摸索领悟出来的。到后来，只要看到我一个表情，她就知道："这孩子大便了，该换尿布了。"

她也是被父母呵护着长大的小女孩儿，可是不管自己身体状况是不是糟糕，天气是不是恶劣，她从来都二话不说、不辞辛劳地为我奔前忙后。

她心里的有那么多事，但我的事被默认为"置顶"，不用取号等位，永远排在第一。

当好母亲，不是什么惊天地、泣鬼神的丰功伟绩，却也是不凡的本事。

"妈妈，你为什么不哭？"

"哭有什么用，哭能解决问题的话，我就哭给你看。"

她知道生活的打磨无时不在，而泪水的清洗不过是徒增伤悲，毫无裨益。可是每次都是这句老掉牙的话，从来没变过。

我偷偷问父亲：“她真的从来不哭吗？”

“怎么可能？”他的眼睛移开手中的报纸，视线从老花镜的上方斜斜地瞄出来。

“那什么时候哭啊？”

“你不听话的时候，她也躲在被子里嘤嘤地哭啊。”

“我什么时候不听话了？”

“你那些明知故犯，愚昧固执，不肯悔改的事儿呗。”

我大概知道他所指的是什么，年轻气盛，我总想依着自己的想法，不顾现实的障碍，去做一些在他们看来极不靠谱儿的举动。

比如高三的时候，放弃保送，执意要参加高考。

大学的时候，排斥其他专业，一门心思要念中文系。

# 照顾好自己，并不轻言放弃

陈亚豪

爱，给予一个人的力量真的太强大了。哪怕那个给予你的人已经散去人海，已经去了另一个世界，可留下的记忆随着时光的流逝，却会愈发炽热。

去年冬天的时候，我去找一个老同学吃饭，他正在攻读教育专业的硕士学位。那天他在听一个讲座，我到的时候还没有结束，索性就进去听了一会儿。

我不清楚这是什么内容的讲座，不过有意思的是我发现来听讲座的都是年龄四十到五十之间的阿姨。朋友告诉我，她们都是妈妈。

台上的老师在现场提出一个问题："各位母亲，请你们回想一下，孩子让你心碎的那一刻是什么时候。五分钟后我们开始讨论。"

“孩子让你心碎的那一刻”，这个问题引起了我的兴趣，作为儿子，我似乎从未想过自己让母亲心碎的那一刻是什么时候，我在脑海里和在场的妈妈们一起回想起来。

五分钟后，阿姨们陆续开始发言。

“女儿一而再，再而三对我撒谎的时候。”

“儿子交过一个女朋友，想结婚。我没有反对，只是希望他们再相处一段时间，多了解一下彼此。结果他直接住到女孩儿家里去了，不要老娘了。”

“有一次闺女和我吵架，吵得很激烈，她冲我嚷了一句，为什么我会有你这个妈妈。我知道她只是一时冲动，但那两天想起这句话就想哭。”

“儿子十八岁生日那天，我开玩笑问他以后想找一个什么样的媳妇，他看了我一眼，找个比你漂亮的。气死我了。”

阿姨们的发言越发踊跃，现场很热闹，我在下面听的，一会儿心里难受，一会儿忍不住嘎嘎乐。

这时候一个阿姨接过话筒，站起来缓缓说说：“最心碎的那一刻，

那天说了很多,我基本没记住什么。可听到“后悔把这些情况告诉你妈”时，我回过了神。

“为什么后悔，这是作为老师您该做的。”

“那天在电话里和你妈说完这些情况后，她就突然哭了。她以前对你的状况一直很乐观也很相信你，可那天她在电话里哭了很久，哭得我也很难受，不知道该怎么安慰她。”

然后我就哭了，鼻涕流一嘴。我不知道是当时自己真想哭，还是因为那时情绪不受控制才哭的。班主任不停地用手给我擦眼泪,擦鼻涕,把我当个小孩儿一样，什么都没再说。

孩子最让母亲心碎的一刻是什么时候？就是那个孩子想放弃自己的那一刻。

那天之后我就开始拼尽全力地逼自己了，几乎到虐待自己的程度。一个小时里我只能集中精力二十分钟，就学三个小时来弥补。距离高考的那两个月里，我每天都是夜里三点睡觉，六点起床，白天上课站着听讲，为了抵抗困倦和集中注意力。我以前觉得为了学习用笔尖扎自己的学霸都有病，可我居然连着扎了自己两个月。

妈虽然心疼我，但从不阻拦我。只是在夜里三点钟我关了台灯，准备躺下睡觉时，准时来我的屋里端上一碗热牛奶。我不知道她是定了闹钟，还是一直没睡在等着我。

后来当然什么都好了，什么都过去了，啥事没有，现在不是帅哥一个嘛。

高考成绩和老师们对我的预期相差很大，但好在一本压线，去了个还不错的大学。高考过后的那个暑假里我一直沉浸在对自己怨恨里，恨自己，恨自己的所有。

人来到这个世上，就是来受苦的。谁没有点病痛和挫折，谁没有过彷徨和挣扎，我从来没怪过那些经历和老天爷的戏谑，我只怪自己，怪自己有过的退缩，怪自己尝试过的放弃。

临去大学的时候我回高中看班主任，那天一些过去的任课老师正好也在，除了班主任，其他老师都不了解我高三时的情况。过去的物理老师说：“你这成绩怎么整的？是不是偷懒了小子？”

我不知道该如何回应，挺委屈的。可难道用那些过去的痛苦来解释此刻的委屈吗？这世上有太多苦楚，你袒露心扉地讲出来，在他人眼里不过是借口和软弱罢了。说出来还不如什么都不说。

去年“十一”的时候，小山给我打来电话。他告诉我：“我爸竟然大老远来新疆看我了，可连面都没见到。把一箱牛肉干、两盒牛奶，还有我小时候最爱喝的一箱苹果汁放到了部队门口的哨兵那儿就走了。”

箱子底下放了一个信封，什么都没写，只装了五千元钱。他爸的收入一直不稳定，小山看见过他爸吃鲍鱼喝茅台，可大多时候是看见他在家就着咸菜啃硬馒头，咂巴着嘴喝两小口二锅头。

我在电话里告诉他：“去年春节我们几个兄弟去看你爸了，他希望你有出息，更希望你照顾好自个。”

小山在电话那头沉默了两分钟。两分钟，一百二十秒，我以为是信号出了问题，已经准备挂断电话了。

“我会活得很好，也会努力出人头地。有他在世上一天，我就得这么坚持，我也不知道为啥。

“就算不在乎他，甚至恨他，可也总想着为了他也要让自己活得好点。你说人怪不怪？”

小山退伍回来的第二天立马来找我们哥儿几个不醉不归。酒桌上他吐沫星子满天飞兴奋地跟我们讲着这两年在部队的牛 × 故事。他掀起上衣秀他的八块腹肌，他仰着下巴颏儿告诉我们："老子拿了优秀士兵奖。"

我们都觉得他在扯淡，大学那两年的他不仅连进步奖都没拿过，挂科都挂到了老师不忍收他补考费的地步。

喝到双眼迷离的时候，小山撩起了裤腿，直接跷到了饭桌上，一条挺长的疤。

"去大山里拉练时意外受的伤，粉碎性骨折，放了条钢板，过两月该训练照样训练。没跟你们说过，就想着回来时炫耀下。

"主要怕你们几个管不住嘴跟我那个爹说了。他肯定又得一副屌样骂我没出息，心里又他妈着急得跟自个折了腿似的。

"忍忍就过去了，算个屁事。"

小山以前是一个对待世界和自己都玩世不恭的人，喜欢放纵，蔑视一切他人所坚持的事物和感情。去年八月份，我和一个女孩儿通了最后一次电话，后来她的电话就打不通了。

那时她在加拿大，半夜给我打来越洋电话。我们高中时是好友，

必要的愁楚。就这样，挺好的。

一个女孩儿，孤身一人在国外颠沛求学，无依无靠，失去了至亲又被打破了当下最渴望实现的理想。她会有很多次辗转反侧的夜晚吧，也会有一个人走到街边无人的角落偷偷哭泣的时候吧，但那些难以入睡的夜晚和流过的泪水只是发生了，却好像从未存在过一样。

过去收到读者的一些留言里，朋友喝醉时、半夜失眠发表深沉感慨时，都问过我同一个问题："你说人活着究竟是为了什么。"

我觉得问这个问题的人，一定都活得很累吧。无忧无虑的人，从不会有这样的疑问。

可又有谁会真的能无忧无虑呢？为什么人会觉得活得累，为什么那么多人要活得这么累。

为什么不能肆意放纵，享受放荡？为什么不能挥霍时间，游戏人生？为什么不能跌倒了就不再爬起来一直躺着，再也不用跌倒？

因为我们都背负着感情吧。

背负着亲情、友情、爱情，和那些匆匆来过又匆匆离去的人留下的难以回报的恩情。

肩上背着它们，怎么会不累呢！会有责任，有压力，有期望，有束缚。

年少时幼稚的自己总觉得它们都是枷锁和链条，很多时候，甚至要为此逼迫自己做那些最不喜欢的事。

明明是只有向往着无际天空的鸟儿，却因背负着它们，把自己关进了笼子里。

可后来才明白，如果没有它们，也许自己从不会拥有那双想要展翅高飞，可以视风雨为无物的坚硬羽翼。

孤单时、彷徨时、一个人在异乡为异客时，想起他们，就好像暗夜里突然升起了一个对自己微笑的太阳。什么都不叫事了。什么无处诉说的，都可以咽进肚子里了。

它们或许给过你束缚，可同时给了你最有力的翅膀。爱，给予一个人的力量真的太强大了。哪怕那个给予你的人已经散去人海，已经去了另一个世界，可留下的记忆随着时光的流逝，却会愈发炽热。

# 细 枝 末 节 本 是 一 幅 画

朱晓凡

日本有一句话是这样说的：京都的天气，少女的心。那一刻我想，一定是因为女孩儿不哭了，所以才有了这道彩虹。

## 1

上上个星期的某个傍晚，大病初愈，总算有了些食欲，便从被窝儿里爬出来，穿上羽绒服去附近的便利店觅食。我在堆满零食的货架前正在找最爱吃的海苔味薯片时，恰好瞥见转角处有个八九岁的男孩儿，随手拿了一包廉价的巧克力饼干塞进口袋，然后快步跑出了店门。我放下刚刚拿起的薯片，跟着追了出去，结果发现那小鬼站在离便利店一百米开外的书店前。那里有一个立着的旋转书架，而他就站在一旁，手里是一本昆虫图鉴，正看得出神。我走到他面前时，他抬头看了看我。我稍稍有些严厉说："刚才从店里拿的东西，我替你还回去，以后不许再干这样的事了。”

那小鬼看着我，一边咬着嘴唇，眼眶渐渐有些泛红，似乎随时都会流下泪来。过了一会儿，他低下头，从口袋里拿出那袋巧克力饼干，轻声地说了一句“对不起”，然后递到了我的手里。“巧克力饼干什么的虽然好吃，可作为男人，可不能犯这样的错误哦。”有些得意的我，乘势还不忘说教一句。

小鬼没有作声。我对他说了句“那我走了”正要离开的时候，他突然挽起袖子，直直地盯着我，大声地说了一句：“以后绝对再也不干这样的事了……因为我是男人！”

我一面往便利店走，一面回想着那小鬼的神情，禁不住一个人对着冷冷的空气笑出了声来。可是，等到回过神来的时候，却发现自己不知不觉中已经拆开了包装袋，吃起了里面的巧克力饼干。“罢了，罢了！”我微微叹了一口气，一边对自己这样说，一边装作若无其事的样子路过便利店的门口，朝家里走去……

2

上个星期，周一中午，微雨。从学校回家的路上，我顺道去京阪

“给！”那人冷不丁地把手中的伞递到了我的手里，然后独自跑到了雨中。那人的举动太过突然，我只能呆呆地站在原地，甚至来不及看到那人穿越烟雨朦胧的校园，那身影就已经消失在雨中了。下一刻，我心想：有没有搞错啊？这可是十年之前漫画里的场景。我一边摇头苦笑，一边撑起伞往车站走去。

之后一节课的课后，还伞的时候，我说：“那天，你也太唐突了。”“哪里，我就是看你挺不知所措的……但是，又不能和你同撑一把伞走……”说着说着，那人的脸颊竟然还红了起来。

现在想来，那一刻，我说不定就完全沦陷了……假如，那家伙是女人的话……

4

还是在京都的一个片断。

来日本的第二年，一个京都大学留学生的项目，我去山科区的一家小学上社会课，内容是介绍中国。上完课，班主任请我留在了那里，和班上的同学们一起吃了午间餐。吃饭的时候，一个上课时举手回答过我问题的活泼男生凑到我耳边悄悄地对我说：“今天，我要回去剃个光头！”我笑着问他：“是因为失恋了吗？”他摇了摇头，又凑到我耳边，继续说："班上有个女同学从明天开始要重新来学校上课了。她住了很长一段时间的医院，因为药物的缘故，头发全都掉光了。"

听到这里，我不明所以，只能把耳朵稍稍往他嘴边挪去。他凑得更近，声音压得更低："你想啊，一个女孩子变光头了，那多难为情啊。所以，要是另外也有个光头的话，那就好多了。打棒球的那几个家伙本来就是光头，所以我想，棒球部之外有个光头就好了。"

第二个星期，我又去那家小学上课。走进教室的时候，我大吃一惊。原来，班上的男同学都剃成了光头，坐在那女孩儿周围的女同学个个都剪成了很短的短发，其中还有一个是光头。那四十分钟里，我不知所措，准备好的内容几乎忘得一干二净，只能和大家做了几个简单的游戏。

下课后，我正想去老师办公室和班主任道歉，谁知道他已经笑眯眯地走进了教室，还问我："今天也有时间留下来一起吃午间餐吗？"我抬头仔细一看，他竟也成了光头。吃饭的时候，我坐在几十个光头中间，有一种想哭的冲动。

上次那个男孩儿又凑到我的耳边："可惜了。没想到，大家都想到一块儿去了。"我不知道该说什么，只能伸过手去，轻轻拍了拍他的肩。那个时候，我分明感到，有一道温暖的痕迹划过脸庞……